心很小 裝喜歡的事就好

黃山料

suncolor
三采文化

壓抑自己，討好別人，這是很吃虧的，
因為你若討好不成，你沒有別人，也沒有自己。

做自己，永遠是最划算的，
因為就算你被討厭了，你至少也還有自己。

——黃山料

目錄

序章……破碎一地的過去

想改變自己的狀況，必須先改變自己的想法——12
當你不再追夢，即使擁有一整片天空，也像困在牢籠——20
目光所至皆是機會，所遇皆溫柔——30

第一章……死生不復相見，就是最好的和解

讚美、被喜歡、獲得肯定，是一種制約——40
你把時間花給誰，就是對他最直接的愛——48
直到所有失望，積攢成絕望——58
沒有什麼是一個擁抱不能解決的，如果有，那就再抱一次——66
若家人間，心意不再交流，關心不再互通……——76
不生孩子，該是他們此生最大的善舉——82
請你不要傷害我的心，因為心裡面住的是你——92
被同一個人傷害了多次，很可能是被傷害卻不離開的你有問題——102

第二章

為了更好的生活，向前跑，縱情燃燒吧

不再聯繫，是給彼此最大的善意——110
你一定要努力積攢人生歷練，因為攢在自己身上的不會消失——118
一輩子最大的不幸，就是不去挑戰自己——128
我原諒你們了，但我們不要再聯絡了——138
我們努力工作，是為了擁有生活，而不是失去生活——146
一輩子只要做好一件事，就是做自己——156
決定命運的不是某件事，而是我們對這件事的反應——166
灰心喪志時，可以哭，但腳不能停——174
合適的人，不必多說，一點就通；不適合的，多說無益，越講越錯——182
在一個人的生活，自得其樂；在別人的世界裡，順其自然——192
別人的情緒不是你的責任——200
那些讓你覺得很累的人際關係，其實都是錯的——208
溫柔有限，留一分，給必要的人，其餘九分，留給自己——218

第三章

相愛的人，會互相治癒

悲傷時不忘快樂，在谷底也望向天空——228
值得你愛的人，絕對不是當你拚命溝通，卻不斷誤解你的人——238
只要繼續走，終會等到，陽光刺破黑暗，迎來希望之光——246
不再相見，沒有傷害，已是最好的愛——252
每個人的真實感受，都該獲得尊重——258

終章……封存所有情緒，好好生活
人人有各自辛苦，各自難處，願能各自安好，不添麻煩——268
最後的溫柔，就是安靜的從彼此世界消失不見——274
讓過去過去，你一定要奔向更好的生活——284
你可以沒有夢想，但不能沒有生活；因為好好生活，就是你的夢想——292
有些人思念了，只要拿起手機，有些人，卻只能寄望於時光機——300
接下來，換你去完成你自己的人生——308
心之所向，便是陽光——320
後記……心很小，裝喜歡的事就好——330

真實故事改編

序　章

破碎一地的過去

想改變自己的狀況，
必須先改變自己的想法。

若你的心態，像是失去希望的死囚，
即使給你天空，你也無法感到自由。

「我喜歡的對象，她殺死了自己的媽媽。」

當懷疑的念頭浮現腦海，我毛骨悚然，我怎麼能懷疑她？

「你和死者的女兒是什麼關係？」做筆錄的警察問我。

我說：「女朋友……嗯，不是。應該……朋友。」

我和她大約是五年前認識，比較密切相處是最近幾個月而已。

有沒有交往？不確定。為什麼不確定？

我們會牽手散步、徹夜聊天，她會來住我家，但我們啥也沒幹。

警察接著問——黃先生，你的這位「朋友」平常性情怎麼樣？

「性格比較冷淡、跟同事關係不好，但沒看過她發脾氣，她生氣的時候比較偏向壓抑、冷處理？她是比較理性的女孩子。」

交友圈怎麼樣？我說：「她朋友也不多，因為她幾乎都在讀書、考試跟開店，不做無意義的社交，很努力的一個人。努力賺錢。」

我補充：「可能因為比較務實，時間幾乎都花在工作了。」

「她的務實程度，是為了節省洗頭時間，特意把自己髮型剪成男生頭。真的挺頑固的。」

「對她來說，錢比家人重要，錢比朋友重要，錢比員工重要，錢比自己重要，錢最重要。這是我的觀察。」

「她很特別，一般女生興趣是化妝或購物，但她的興趣是賺錢。我們很合得來，什麼都能聊，聊創業、市場、新聞、時事等等。」

「跟她相處一開始她比較冷漠，但熟了之後互動起來很舒服，她是一個不太帶給別人負擔的人，也會很小心不欠我人情。」

「這麼說好了，她很客套、很得體，跟人們都保持了安全距離，即使跟我算混熟了，她心裡也還是封閉，維持禮貌的距離。」

「對了，小恩除了賺錢這項興趣之外，還有一個興趣——她說從小就會寫網誌。不過她從來不給我看。」

在警局時，我鉅細靡遺向警方交代我和小恩的關係狀態。

「小恩」是我喜歡的對象，稍早發現的那具遺體，是她的媽媽。

而我心裡不斷有個念頭：「是小恩殺了她媽媽」，但我沒說出口。

別怪我懷疑，因為發現遺體的前幾天，小恩對我說了一段話……

令我耿耿於懷的一段話……

那天夜晚，在我家，我問小恩母親節怎麼過？

她說「工作」。

正如尋常朋友般，我和小恩分享原生家庭的故事，聊著我媽，聊著小時候。後來我問：「小恩，妳呢？妳跟妳媽媽怎麼樣？」

突然，客廳裡，安靜得剩下時鐘的指針聲，一步，一步。

那天我們有喝一點點酒，比較放鬆……

導致我沒注意到……有些話不該問。

太安靜了，我才意識到我說錯話了。

「家人」這是小恩的地雷話題。

空氣靜默許久……

小恩才慢慢的說：「這幾年，我常常在想……」

我開啟傾聽模式：「小恩，妳說，我在聽。」

小恩再次沈默了很久……

小恩冷冷的說——

「我常在想，如果我媽死掉了，我可能會好一點。」

這一件事，我沒對警察說……

我選擇了隱瞞……

如果說出去了，就不只是我懷疑小恩了，

任誰都會把小恩當成嫌疑人。

找證據是警方的責任；保護「朋友」則是我的責任。
我不確定這樣有沒有犯法？但當下，我決定不說。
基於情義，我閉口不言。

在筆錄的最後一頁，簽下我的名字——黃山料。

離開警局。

我不知道看到這裡的你們，會選擇說？還是不說？
我呢……絕，對，不，會。

你遇過許多壞事，
所以變得小心翼翼。

因為裹足不前，
所以世界再大，
也與你無關。

當你不再追夢，
即使擁有一整片天空，
也像困在牢籠。

我跟我喜歡的女生「小恩」失聯了，從她媽媽過世的那天，就突然聯繫不上了。而她媽媽的遺體被發現倒臥家中。做筆錄時，警察問我知不知道小恩的行蹤？我說不知道。是真的不知道。

我跟小恩的故事，是這樣開始的……

幾年前我任職採訪工作期間，會深入台灣市井小路，尋找有故事的受訪者。那時，發現了一位攤販，是賣飲料的小推車。

攤販小老闆很特別，深山雪妖般白淨的膚色，在豔陽下會閃耀。身形矮小卻能扛起水箱茶桶。炎熱夏夜，流的汗像冰在融化。

小老闆對客人態度冷漠，戴著灰色漁夫帽，帽簷的陰影底下，雙眼迴避客人眼神。我買了兩杯飲料，喝一口，茶香不錯，但水加太多。另一杯，調味古怪。

產品不好，卻因為攤位在醫院周邊，是鬧區商圈，有大量人流，因此有點生意。沒生意時，小老闆坐在凳子上讀書。

小老闆讀的書，全是英文原文書籍，小老闆用學生證作為書籤，夾在原文書中，學生證寫著「國立臺灣大學」。

我嗅到了故事的味道（流量的味道）。於是我向前搭訕，這正是我們故事的起點。

當時我的工作，是每週要製作一則專訪，尋找市井間的獵奇故事。而這種高知識分子幹苦力的故事，觀眾喜歡。「台大生擺攤賣飲料」是有流量的素材。

遠看是個斯文踏實的小男孩，後來汗水濕透了身上寬鬆大大件的上衣，我才發現背上那內衣的扣環。原來是個女孩。

我問：「妳是先擺攤，才考上台大？還是先考上台大，才擺攤？」

我纏著她問。因為兩個角度的故事會完全不同。

先考上台大，才做飲料攤販，容易引起「學歷無用」的爭論，也許輿論會傷害到她。但若靠擺攤貼補生活，寒窗苦讀考上台大，則是鼓舞人心，也許能幫到她。

剛認識的那陣子，她冰冷的態度，視錢如命。

若沒買飲料，她就不跟我說話。

後來演變成要她回答一題，就得買一杯飲料。

「一杯飲料換一個答案。」

我說：「一杯普洱茶無糖、去冰。」

「甜度冰塊不能動，都是調好的。」她冷漠的說。

「我先上了台大，才出來擺攤。」
嗯，是可能會傷害到她的方向。
「蜂蜜普洱。一天行程？」
「白天上課，沒課就兼家教，傍晚才擺攤。」
「鮮奶普洱。幾歲？」
「二十歲。」
我看了看菜單……「冬瓜普洱。什麼科系？」
「一個沒用的科系。」
「檸檬普洱。單身嗎？」妳遲疑了一下。我說：「採訪需要。」
妳說：「對，單身。」
聽到答案，我在心裡偷笑。

「普洱奶茶。談過幾次戀愛？」

妳問：「採訪需要？」我說：「對。」

妳一邊製作飲料，心不在焉的說了：「零次。」

「菊花普洱。父母經濟狀況？」

「不方便回答。」

「哪裡人？」

「不方便回答。」

「老家在哪不能說嗎？」

「我不喜歡聊以前的事。」

「妳爸媽呢？」

「不方便回答。」

「好吧。什麼名字？」

「初文恩。」

一杯一杯太慢了，於是我把妳今天的庫存全部買下來，送到公司給同事喝，然後初文恩提早收攤，我們聊到深夜。

深聊後發現，妳很奇妙，人生有一條界線。

從 2016/08/03 為分界，在那以前的人生一字不提。

那天，是妳的生日，也是妳的「重生日」，那天以前的日子，是妳的禁忌。

「初文恩」，稀有的姓氏，中性的名字。

此後，我都叫妳「小恩」。

後來訪談沒做成，朋友卻做成了。

我從沒對她說過，其實吸引我靠近的才不是採訪素材，而是那一眼傾心的心動感，那第一眼我就覺得，這個人的氣質好特別。

眼裡透著悲傷，肢體透著堅強，
行動裡透露著對人際關係的不屑一顧，那只顧賺錢的氣場。

人們在努力過日子的模樣，真的很可愛。
人們為目標而奮鬥的樣子，真的很迷人。

說遠了。即使她踏實又努力，我也依然對她心生懷疑……
離開警局，我掀開背包裡的最底層，拿出一支手機。

這是我隱瞞警察的第二件事情……

在她媽媽過世的案發現場，我撿到了這支手機，

手機殼是我送小恩的，一眼就認出來，當下立刻藏了起來。

如果警察知道小恩的手機在現場，

她絕對，絕對，絕對會成為第一嫌疑人……

困住你的，是你自己。
當你不再相信可以擁有更好的生活，
眼前擺著幸福，你也放任自己錯過。

讓你更好的，是你自己。
正因為你相信自己會奔向更好的生活，
於是目光所至皆是機會，所遇皆溫柔。

我和小恩會牽手，但我們不是男女朋友。
我們會一起睡覺，但妳睡床，我睡地上。

每當我準備當面釐清我們之間的關係，
妳嗅到一點點氣息，會立刻轉移話題。

妳不斷的迴避，卻不迴避與我日漸升溫的友誼。
這是不是……就是曖昧期？

母親節前，妳說了那句令我驚嚇無語的話
——「我常在想，如果我媽死掉了，我可能會好一點。」

那一天，妳離開後，我發現妳的皮夾落在沙發縫隙裡。
妳說母親節會開店工作，於是我去妳店裡找妳歸還，妳卻不在。
妳手機未接、訊息未回。

員工說妳早上有進店裡，中午提到要「回家一趟」就離開了，我到妳的租屋處，卻沒人。

回家？會不會是「家鄉」？

出於好奇心，我翻了妳錢包的身分證。妳是彰化人，線西鄉。未婚。父母健在，父親初仁雄，母親施秀玉。

我在妳租屋處等到晚上，妳仍未出現。出於擔心，於是我搭上往南的夜車，前往彰化，妳身分證上的地址。

計程車行經魚塭、荒地、杳無人煙的鄉間小路，路燈越來越少，最終抵達一棟老式的三層樓住宅。我要司機原地等待，誰知道這樣的荒野，回頭還叫不叫得到車？

見到小恩老家的二樓亮著燈。我大喊小恩，卻無人回應。

一邊喊著，我敲敲一樓大門，門卻一推就開，空氣中瀰漫著淡淡的香氣，是茶香？十分清雅。

踏入漆黑的客廳，我每一步都會踢到地上的障礙物。於是我打開手機手電筒。踢到的是茶餅，是茶葉做成的圓盤狀。乾燥存放可以幾十年的那種普洱茶磚。

怎麼這樣？眼前景象是堆疊如高牆般的貨品……

座椅上、沙發上、餐桌上，全被貨物堆滿……

這裡不太像住家，比較像是棄置已久的……倉庫？

我喊著小恩，小恩，小恩……我往二樓走，去亮燈的房間查看。

一進房裡，一名女子倒臥在地，我嚇了一跳，看見貼著水鑽的藍裙子下，岔出兩隻蒼白的小腿。我立刻叫了救護車。

本想依照救護人員指示確認女子呼吸，卻在伸手觸碰的一瞬間，感覺到肉身的僵硬性。我報了警。

謝謝計程車司機和高鐵監視器的作證。有不在場證明，我第一時間被排除嫌疑，驚嚇後的我原地恍神。心想小恩的手機在這裡，小恩跟命案有什麼關係？

耳朵傳來警察的問話：

「你怎麼會在這裡？死者施秀玉跟你什麼關係？」

施秀玉？好熟悉的名字。

我愣了一下，想起小恩身分證上的母親欄位，是施秀玉。

我立刻聯想到小恩說過……她想要媽媽去死。

如果是小恩做的，我也希望由我先找到她，請她自首。
不管她跟她媽有什麼深仇大恨，她都不應該這麼做。
上網查了，自首可以從寬量刑。對小恩是好的……
於是我隱匿了一切。

離開警局後，高鐵最後一班車已經離開。
我在車站等候回台北的客運，並開始嘗試破解小恩的手機密碼。
不是我的生日，不是小恩自己的生日。試了幾次，直到160803，正確了。是她的「重生日」。她孤身一人搬到台北的那一天。
破解密碼的目的，是去小恩平時寫的祕密網誌。
在那裡，我想我能看見真實的初文恩，妳的真面目，即將現形。
不再是客套、不是禮貌，不是安全距離，那些都是妳的保護色。

點開網誌。

大略查閱後，裡頭的黑暗與惡意，令我震懾無語……

兩小時的車程……

我讀懂了妳「想要媽媽死掉」的理由……

也明白妳有多想逃離、多想毀掉一切重新來過……

我看見了妳的懷恨在心……

也同理妳之所以待人涼薄、視錢如命、努力向上爬的理由……

從妳的青春歲月，讀到妳半工半讀，接著創業……

我終於理解了完整的妳。

好的感情是共創的，同理，「悲劇也是」。

隨著小恩寫下的文章……

一篇一篇，關於「小恩一家」的祕密，將被揭開。

但，在那之前……

請容我再次聲明——

第一、本故事經改編，以保護當事者隱私。

第二、其情節及資訊若涉及官司或爭議，皆不可作為事實依據。

接下來曝光的文字，皆經當事人「小恩」同意。

好的。那麼，故事，必須從頭說起……

第一章

死生不復相見
就是最好的和解

讚美、
被喜歡、
獲得肯定，
是一種制約。

你有多在意別人的肯定，
就會在得到批評時，
承受多大的傷害。

「初文恩、初文恩、初文恩。」

因為這奇怪的姓氏，我從上學第一天就被記住了。初的諧音是「粗」，同學們嘲笑我的手臂粗、腿粗。因為皮膚白，他們叫我「白粗」，諧音是「白痴」。

我以為只要成績名列前茅，就能甩掉不合理的綽號。但沒有。我只好假裝沒聽到，後來，任何同學跟我說話，我都假裝沒聽到。

高中一年級，胸部一直長大，我害臊不敢跟任何人說，所以一直擠一直壓，想把它們壓回去，不然制服一年換一套。為了看起來瘦，我開始節食，情急之下，也穿束胸讓制服勉強還能套下。

每一個班級裡，都有幾個悶不吭聲、問話不答，沒人在意的邊緣人。我跟他們才不一樣，別把我和他們相提並論！

我是站在高處而「孤傲」，他們是可憐的窩在陰暗角落而「孤單」
我不甘心而奮力唸書、博取存在感，用我的方式滋養我的高傲。

傍晚放學回家，家中空無一人，我開了燈，唸書。我沒什麼優點，唸書並考好成績，是我唯一可以獲得肯定的途徑。

天色漸暗，門外笑鬧聲漸漸靠近，大門打開，是爸媽和哥哥從化工廠回來。爸媽共同經營的化工廠，正在培養哥哥作為接班人。

哥哥從小就很優秀，我總是跟隨他的腳步，他總是很努力，所以很得人疼，媽媽總是說：「如果妳有妳哥哥一半優秀就好了。」

哥哥從小每次成績不錯就會被讚美。我為了被讚美，也拚了命讀書。考了好成績之後，我也得到了爸媽的讚美，可是……

讚美就像毒品……

得到一次，還想再一次，深怕沒有下一次……

可是我追不上啊！我還在藉由考試換讚美，哥哥卻已經去了下一個賽道，他已經不在乎成績了，他在比的是繼承家業的能力……

那我要怎麼辦？我就還是個小孩，比不過你，爸媽就不會看見我的好。當爸媽對我的好成績習以為常後，我甚至得不到讚美了。

爸爸「隨身攜帶」哥哥。化工廠不讓我去，只讓身為接班人的哥哥去，爸媽偏愛哥哥，從相處時間的比重就明顯看出來。

我跟爸爸相處的時間不多，甚至不知道該怎麼跟爸爸說話，飯桌上他們聊的都是化工廠的事，我一句也插不上。

他們有共同話題，我被排除在外。

下課回家家裡總是空無一人，他們三個都還在化工廠忙。他們一起出門，一起回家，只有我不同路，我像個多餘的人一樣。

幸好有學姊。

學姊喜歡哥哥，所以總是纏著我。

我沒有其他朋友，連唯一的朋友都是蹭了哥哥的光環才獲得。

我不確定她是喜歡哥哥？還是喜歡哥哥的小跑車？每當週末她都纏著哥哥，要哥哥開小跑車載我們出去玩。

玩累了就睡我們家。

當然是跟我睡。然而，一張單人床要塞下兩隻胸部發育良好的青少女，我們幾乎是「沾黏」在一起。床就像黏鼠板，把兩隻肥大的老鼠黏在苦悶的夏夜裡。但也只能跟我睡。如果她跟哥哥睡，哥哥的優等生標籤就要燒掉了。

學姊睡我房間的日子，我學習她的髮型、學她穿著、學她剪了齊劉海、留長髮。發育完整的學姊，也教我內衣怎麼穿。

學姊擁有好多，她左手牽著我，右手牽著哥哥。

「閨蜜」跟「喜歡的男人」，一次擁有。

學姊的存在，至少能讓沒朋友的我，感覺「還有人要」。

學校裡，我是那種最容易出糗的體質，每當課堂上被點名，我站了起來，發現同學全看著我，我就會啥也做不好，結結巴巴……

不擅長交際。因為我太在意別人的看法了……

從小有一個那麼優秀的哥哥，霸佔那麼多的關注跟誇讚，在重男輕女的鄉下地方，我追得好累，怎麼做都無法像他一樣優秀。

因為太在意別人的想法，所以每當人們關注著我，我就當機了。
都怪那些大人，大人們都是這樣引導我們的——

「符合大人的期待時，誇獎你，你就會往大人想要的方向發展。
不符合期待，貶損你，使你產生自卑、羞愧，從而操控你。
一切目的，不過是為了形塑你的思想行動符合他們的世界觀。」

人一旦開始在意別人的想法，嚐過被肯定的喜悅，就終有一天會被反噬。我用了所有時光證明了這項宿命，並且，困在這裡。

原來高傲背後，是拚命想隱藏的自卑啊……

你把時間花給誰，
就是對他最直接的愛。

不願意花時間給你的人，
他們確實也忙，你也確實不那麼重要。

珍惜那個總是秒回訊息的人，
他也許真的很閒，但也真的很在乎你。

不知道什麼時候開始，同學間流行一個詞「沒用的富二代」，每當同學嗆我沒用的富二代，我會心想我沒用是真的，但這算什麼富二代？這種生活，給你，我不要。

沒見過這麼辛苦的富二代。爸媽忙於經營化工廠，幾乎沒空與我說話，有時候我真希望化工廠廢掉，爸媽就有時間關心我了。

如果沒有化工廠，沒有這個哥哥，也許我就能獨佔所有的關注，但下一秒，媽媽苛刻的碎念，打碎了我的幻想……

「女孩子長大嫁出去就沒了，男孩子才能幫忙家裡分擔產業，女孩子只要好好保重身體、養尊處優就好。我把妳身材生得這麼好，要好好珍惜。對妳沒什麼期待，找個有錢人嫁一嫁就好。」

只要保重身體就好？聽起來對我「沒有期待」，沒有期待正是最可怕的，代表我沒有方向可以努力，我沒有可以被肯定的機會了？被「富養」的我，被當成沒用的花瓶供在家裡。食之無味，棄之可惜。如此，令我不安。

只要內心充滿不安，我就會一直讀書，一直讀，一直讀。我已經是全校前三名的常客了。只有讀書能讓我感到心安。

升學制度、不斷的考試，這些體制，有明明白白的成績和數字，只要校排名上有我的高位，我還是值得被肯定的……對嗎？

再一次的放學，踏上那條回家的產業道路。左側是荒野、右側的遠方是海，更遠方那海的另一頭，是面對長大的無能為力。

拿著成績單的我，沒多餘心力考慮追尋成績的意義，身後橘紅色的晚霞已消失在海平線。

天色漸暗的屋裡，我獨自坐在客廳讀書。家門外，三位家人的笑聲漸漸靠近……書讀不進去，都在聽門外的聲音。行為在讀書，心裡在等人。

他們進門，正在看書的我假裝投入……沒有抬頭、沒有應門、沒有打招呼。他們也沒有主動對我說話。

聽廚房裡的他們，聊著今日發生的趣事，聊著屬於他們之間的共通話題。說說笑笑，那真是完美的一家三口。有人發現我在這？沒人在意我在這。

他們擺好一桌晚餐。哥哥都吃半碗了，媽媽才喊著問我：「妳在拖什麼？」我前往飯桌，繼續聽他們談著我以外的事情……

像這樣「形式上」的一家人吃飯，明明身邊坐著家人，我卻不斷嚥下更多孤單。

無法融入的我，總像個配角，聽他們聊著他們之間的故事，而想參與卻不知從何下手的我，敬陪末座……

我拿出成績單，是一張一如往常霸佔全校前三名的成績單。爸爸看著，沈默許久，剛剛三人還如影隨形的歡笑聲突然安靜。這份安靜，給了我一種不好的感受——沒人對這話題有興趣。

你們剛剛明明那麼熱絡，而當我開啟話題，你們卻沒有興趣……

但爸爸呢？我的成績跟當年哥哥在校時比起來，怎麼樣呢？

假裝若無其事的我，心裡卻焦躁至極、澎湃不已……

爸爸會對我說什麼？快對我說些什麼……

我已經很努力，只想獲得你們的肯定。

我想融入我們一家人的世界，多麼想要你們能主動關心我……

爸爸掃視成績單上的數字後，隨口一說：「跟以前差不多。」

差不多？這是鼓勵？是讚美？算嗎？

爸爸滿口食物的說：「好好好，以後把小恩送去讀哈佛大學。」

邊吃邊說：「哈！佛！最貴的那種！」

為什麼我聽起來，感覺這樣的回應，態度有點敷衍？

哥哥插了句話：「我以前好像也差不多這個成績？」
媽媽興奮表示，對，你小時候的成績單我都有收著。

話題再次回到哥哥身上。永遠在他身上。

我說：「這次題目比較難，數學全年級只有我是滿分。」
哥哥簡短的說：「是喔。」
再說：「對了，我們那時候是沒考古題，也沒補習的。」
他再次把焦點串回他自己。

爸媽順著哥哥的話題。沒人發現我的沈默不語代表著不開心。
我看見成績單在飯桌上，沾上幾滴油漬、黏到幾顆飯粒。
像我一樣，變成配角。

平平流著一樣的血，但家庭成員間，也會親疏有別……
每天的飯桌，都是失望的堆積。

不論我怎麼努力，話題都被帶走。
沒有屬於我的時刻，沒有屬於我的目光，沒有屬於我的關愛。

我真的要瘋了。
爸媽看完我的成績單，卻在飯桌上繼續聊化工廠的事。為什麼？
至少成績出爐的這一天，把話題留在我身上，不行嗎？

好幾個夜深人靜，我會想……
「如果沒有工廠、沒有哥哥，全部都消失不見就好了。」
生日願望的第三個是不能說出口的，我的願望就是這個。
求神問佛的時候，默念的也是這個。
我碎念著：「消失不見。消失不見。消失不見。」

不被重視的感受，累積再累積，我把所有怒氣撒潑在哥哥身上：

「都是你害的，如果沒有你，我就不會一直被爸媽比較。你不在的時候，爸媽看我的成績單都很開心，現在你回來了，爸媽又把焦點放回你身上。如果你讀完大學沒有回來就好了，不，不對，如果我沒有哥哥就好了，有你在真的壓力太大了……！」

爸爸總是誇讚哥哥的好脾氣、嫌我頑固倔強……

所以我不知不覺一直說出尖銳的字眼，想戳破哥哥的假面……

「你幹嘛回來？你去死一死好了。」

「做作、矯情、裝模作樣、貪心、什麼都跟我搶。」

哥哥文風不動。

他只是面無表情，冷靜的轉身，背對我，離開，走回房間。

從那天起，他討厭我了吧？

我們好幾個月沒說話了……

不……不只好幾個月。

我們這輩子再也沒說話了。

因為在那之後，爸媽的化工廠發生了爆炸，易燃物讓火勢迅速蔓延，哥哥來不及逃生。工廠化成灰燼，哥哥也是。

工廠毀了。

哥哥也是。

我好像一直在放棄這段關係……
卻也好像一直在等待著什麼……
直到所有失望，積攢成絕望……

台灣幾乎每個月都有工廠起火的新聞，有大有小，小火損失的是錢，大火燒掉的是幾個家庭的破碎。這次輪到我們家碎了。

上個月燒紡織廠，下個月燒塑料廠，下下個月輪胎廠……火災事件層出不窮，而爸媽的化工廠，也在爆炸中焚燒殆盡……

媽媽總是哭著說「哥哥是個盡責的人」。盡責的人，也死在盡責裡。我雖然也跟著大人們哭喪、落淚，心裡卻響起一些不可言說的聲音——怎麼？連死了都要被讚美。

「你不是都死了嗎？連死了都還能影響我。真令人不耐煩。」這些念頭浮現的當下，我覺得自己好噁心。

哥哥死了我很遺憾，但從小到大因為他的存在而讓我追趕得好累的負面感受，卻未曾消退……或是……我……應該鬆一口氣呢？

「再也不用比較了對吧？」

我一邊難過，一邊慶幸，一邊惶恐……

複雜的情緒讓悲傷的淚水有了瑕疵……

心裡的聲音好罪惡，卻蓋不住。

喪禮上，我明明也在哭，卻在聽見大人們說哥哥的好話時，我不知為何有了笑意。低著頭憋笑，我抬起手臂，將臉埋進寬鬆的喪服裡，假裝掩面哭泣。我真的很難過，我說真的。呵……呵呵。

哥哥離開後，家裡的氣氛改變了。但許久之後，我開始意識到，變了不是因為哥哥的離開，而是因為欠債。

爆炸後要處理的賠償金很高，討債人不分晝夜，有的大吼，有的砸壞我們家，媽媽只會哭和叫，爸爸通常醉醺醺的凌晨才回家。

錢比什麼都重要，沒有哥哥，頂多哭一哭；沒有錢，會家破人亡。也對。這種時候，我就算秀出我的模擬考成績能上台大，也沒人有心情讚美我了吧？

見識到欠債的可怕後，我對金錢有強烈的不安全感，幾次提起想瞭解家裡的財務狀況，做父母的卻總是說小孩子不要管這些。

根本沒把我當成家裡的一分子，我明明也在承受這一切啊……

只好道聽塗說，才知道爸媽把幾塊土地賣了之後，債才還清。

剩餘的錢，能讓日子平靜了吧？我原本真的這麼以為。

後來，爸爸好幾天沒回家了。

媽媽也陷入了「冬眠」，她吹著冷氣，窩在房間，關上窗簾，幾乎不和人見面，不太說話，只吃少少的食物。除了廁所，就是床。

媽媽沒有爸媽、沒有自己的交友圈，生活重心幾十年來圍繞著爸爸和化工廠。如今這兩樣都沒有了，她就只剩賴在床上。

從此，我們一家人，再也沒有一起同桌吃飯了。

不知從何時開始的，學姊也不再回覆我訊息了。哥哥的喪禮時，我有看見學姊，學姊沒看見我，後來在學校遇見，學姊也沒看見我，我才發現，原來沒有失明的人，也會看不見站在眼前的人。

學姊不理我的原因我不清楚，
但被拋棄的感受卻清清楚楚。

學姊畢業後，封鎖了我的聯絡方式，
她是我唯一的朋友，但她不要我了。

一切都變了，我也變了。從那以後，我經常做一個噩夢……

「不是我害的……不是我害的……不是我害的……」

「我只負責許願，不負責執行……」我經常從噩夢中驚醒……

當心裡念想的詛咒意外被實現時，我感到良心不安、惶恐自責！

「不是我的錯……不是我的錯……」

我一直想，一直想，想到最後，不知道什麼時候開始的，念頭悄悄在心裡變成了「都是我的錯……都是我害的……」

媽媽冬眠，我害的。

哥哥過世，我害的。

學姊離開，我害的。

爸爸消失，我害的。

「被全世界拋棄」以後，我剪掉了長髮，留了個男生的髮型。

同學說我很醜，我說專注考試，頭髮礙事。

其實，更像懲罰自己……

我好醜。我好醜。我習慣了不跟人們眼神接觸。

我的世界剩下我跟媽媽了，都是我的錯。

我要專心唸書，沒什麼比「成為有用的人」還要更重要的了。

沒有什麼是一個擁抱不能解決的，
如果有，那就再抱一次。

「愛一個人，會失去全部的自己。當你失去自己，你的對象也會不要你。」我媽正是這樣。經由她數年的親身示範，因此，我從很小的時候，就發誓我不要變成她那樣。

爸媽幾乎不會吵架。因為吵架得要兩個人都發怒，才算吵架，媽媽單方面的對爸爸尖叫嘶吼，那都只算是一個人單方面的發瘋。

爸爸面對衝突的方式，是「安靜的離開」，無聲無息，爸爸離開後，媽媽也會快速冷靜下來，並試圖為自己的嚇人情緒道歉。

面對爸爸的離開，媽媽一貫的作法是「等」。

她說外面的世界是不安定的，累了總會回來。

我問了媽媽，爸爸平時沒有回家，是去哪裡？

「酒店……吧？不知道……妳問他，問我我會知道？」

媽媽隨便回答，並繼續陷入冬眠。

酒店是什麼？

上網查了第一種解釋，是旅館或飯店的另一種說法。第二種解釋，是喝酒且有女性作陪的地方。我看見許多不雅的照片。

爸爸是後者，每當他偶爾回家，身上的酒氣是證據。

曾經，擁有事業的爸爸風流倜儻，人緣好、交遊廣闊，家中往來人群都與他稱兄道弟，爸爸待人大方，堅持聚餐都由他付錢。

爸爸常常借錢給朋友，媽媽卻抱怨爸爸是送錢給狐群狗黨。那些事業失敗、經商困難、剛開業的叔叔，都喜歡找爸爸聊天。

爸爸在人群裡總是笑臉迎人，社交對他來說，像在吸取人們的能量，姊姊阿姨們也都自願獻上能量，絡繹不絕的自動送上。

本想責怪爸爸，但我不敢，誰敢挑戰他的權威呢？只好怪他長相太好、太有錢、太熱心助人。這樣的人緣魅力，把媽媽馴服成了愛情的奴隸。

很好奇，我們家爆炸之後，還有多少姊姊阿姨留了下來？沒有。但至少，家裡這位愛情奴隸留下來了，身為奴隸的女兒，我也被困在這裡。

爸爸不在家的時候，這位奴隸都在冬眠。我偶爾會喊她起床吃飯：「媽，有幫妳買晚餐……」但直到隔日早晨，冬眠的媽媽都沒下床，我不知道她為何能一直睡？但能體諒，畢竟失去工廠、失去原本的生活，再加上爸爸不回家的時候，媽媽就沒有動力下床生活了……

有一天，冬眠的媽媽突然醒來，清晨三點，我睡夢中聽見翻箱倒櫃，原來是媽媽終於打起精神吃飯，黑夜裡，吃得杯盤狼藉。

當日出穿透落地窗，曬在床上的那一刻，媽媽穿著一套藍色連衣裙，陽光讓連衣裙上的水鑽閃閃發亮。「好不好看？」媽媽問我。

那件貼水鑽的藍色連衣裙，是爸爸多年前買給媽媽的禮物，也是媽媽最珍貴的服裝。我問：「媽，妳不冬眠了嗎？」

「冬什麼眠？妳爸晚上要回來。」

晚上？媽媽說晚上嗎？現在才清晨，需要提早十二小時開始準備嗎？但我不敢質疑，她那奴隸式愛情。

到圖書館唸書一整天，傍晚回家。媽媽一個人在沙發縫補爸爸的衣褲，靈活的指尖帶動針線，針尖穿梭褲管間。身手極快。

媽媽要我打給爸爸，叫他早點回家。

我說：「我打了，手機沒接。」

話才剛說完，背後突然一陣刺痛，好痛！我叫了出來……！

回頭看，手持縫針的媽媽說：「再打。」

一通沒接。背就刺痛一陣……

再一通沒接，就再痛一次……

其實這些痛也不算什麼。讓我痛到不知所措的，是媽媽說了一句話：「養妳這麼大有什麼用，連妳爸都不理妳，我養妳有什麼用？沒用！沒用！」

原來我真的很沒用。

以前爸總是隨身攜帶哥哥去化工廠，親力親為傳授一切給哥哥。

現在終於輪到我擁有完整的父愛，爸爸卻流連在外。

又刺。

我又叫。

又刺。我叫。

又刺，又叫。直到我受不了，大喊：「今天是我生日，妳沒打算幫我慶生就算了，怎麼一直刺我？我很痛！八月三號，妳都不記得嗎！今天是八月三號！」

「慶什麼生！今天是我的母難日！妳痛嗎？我生妳的時候十倍痛！」刺，刺，刺，刺，再刺，媽媽大喊：「去打電話！」

這晚，爸爸沒有回來。我也沒過生日。媽媽也沒過母難日。

一桌飯菜在我被針刺的時候，一點一點失溫……

我和媽媽也許早已失溫，只是，我得要很久以後……才會知道。

那句「女兒沒用論」又在我心上打了一個死結。

只要被否定，我的頑固就會發作，瘋狂的讀書，誰對我說什麼，我都聽不見。媽媽說我沒用，我就一直讀書，這是我唯一力所能及的，我像顆石頭一樣，可以好幾天不和她說話。

正如從前，每次爸爸因為關心哥哥而忽略我的時候，我也會刻意對爸爸冷淡。也要很久以後我才懂——

原來人們故意的冷淡，其實是希望換來對方的積極。

但通常換不來就是了。他們只會嫌我倔脾氣。

被針刺的日子，重複了幾次。習慣以後，會痛，但不會叫了。

每次被刺完，夜裡，媽媽會從後方緩緩擁抱躺在床上的我……

她先說了「對不起」。

我則是無動於衷的被抱著。

然後她會接著說：「媽媽不該這樣。」

我則是忍著滿溢的眼淚。

接著媽媽對我說：「媽媽只剩下妳了。」
我才轉過身來，也擁抱了媽媽……

緊緊擁抱著。
這已是制式的腳本。
但不管上演幾次，老套的模組，卻能每一次都令我落淚。

互相關心的兩人間，
沒有什麼是一個擁抱不能解決的，對吧？
如果有，那就再抱一次……

若家人間，
心意不再交流，
關心不再互通，

那麼，
即使同住，
也只是室友，
只是權衡利弊的結果。

高中一年級開始的，我有一個存錢筒，
每當我對家人感到失望一次，就會投入一枚五十元硬幣。
投入後，我告訴自己——好，結束，壓抑下來。
因為現在的我，無能為力。必須依附在我不願多做停留的「家」。
即使對這一切失望透頂，我也沒有離開的本錢。

每一次失望，所投入的硬幣，是離開的資金，
當失望攢夠了，資金也夠了，那便是離開的時刻。

然而，每當夜裡看著硬幣越來越多的存錢筒，
我心裡想的是，其實這不過是我刻意為之的歹戲拖棚……

期盼著拖延下去，也許能有轉機？
那些讓我失望的人，也許能給我愛？

失望的日子，也許還有一點值得期待？

但失望沒有消失，愛沒有發生，故事沒有轉機。

我把失望的感受，全扔進存錢筒，

攢夠了失望，就該是離開的時刻。

其實這陣子我一直在想，爸爸如果都不回家了，那我跟媽媽就是世界上唯一有關聯的人了，我們只剩下彼此了……

不只是我只剩媽媽，媽媽的世界也只剩下我……

如果爸爸情人節沒有回家，我會聯想到他和其他阿姨相處的畫面。後來爸爸父親節沒回家，我聯想到的，是他和別人有了新的家庭的畫面，肯定是新的兒子，大概不是女兒。

必須是兒子，才有辦法留住他吧？

畢竟他從前常常對哥哥說：「趕快生個兒子，台灣初姓宗族人口這麼少，我們要延續下去。」在哥哥死後，他也曾突發奇想說：「初文恩的小孩如果姓初，不知道男方會不會同意？」

我真的腦子有病。這些丟掉我的人，他們對我的看法，為什麼都會植入我的細胞裡？變成我的思想制約？

哥哥的優秀，直到他死了，都能繼續逼著我向前跑……學姊的無視，直到她畢業了，都讓我不敢再交新朋友……爸爸的重男輕女，直到他拋棄了我們，都依然讓我覺得身為女兒沒有用，要趕快結婚生出「姓初的兒子」才有用。

明明他不只不要媽媽，連我也不要了，我卻依然卡在他們對我下的細胞咒裡。我的每一粒細胞都被制約……

明明都是離去的人，存在感卻如此強烈……
我想世界上，能懂我這份感受的人，只剩我媽了吧？

自從我們過了一個沒有爸爸的父親節後，媽媽又開始冬眠。
連續幾天、持續幾週……
我怕她萬一睡到死了，於是我搬去跟媽媽睡。

一張大大的雙人床，明明躺兩個人都還有空間，
我卻總是習慣用背緊貼著媽媽的背，確認媽媽還在。

她依然偶爾會在我表現不佳時，施以針刑。
幸好針刺留下的傷口，肉眼看不出來。還能忍耐就沒關係。
即使她偶爾有攻擊性，她也仍然是我的媽媽。

對於那些連自己也照顧不好的人而言，
不生孩子，該是他們此生最大的善舉，
避免貧困、痛苦與勞務，被世襲延續。

我一輩子都不會想要孩子。
因為女人生孩子，就是折自己的壽，換別人的存活。
犧牲自己，成全一個不知能否和你相處愉快的孩子，何必？

我媽對於「生下我」這件事「有犧牲感」。
她常說的「生妳沒有用」這句話就是最好的證明，
我要有用，才不負妳損傷身體換我生命；
否則，就是辜負、欠妳。

為何人們要犧牲自己換得另一個人的存在？

透過他人犧牲而誕生的孩子，
也會因為造成別人困擾而感到「活著很抱歉」吧。

媽媽冬眠時，我看著如此不快樂的她，想著這一切……

如果沒有我，是不是妳會年輕一點、快樂一點、自由一點？

蛇或青蛙，在嚴寒的季節，會冬眠，直到春暖花開，才甦醒。我媽媽也是，每當爸爸冷落她的時候，她會陷入低潮期，而開始「冬眠」，直到能和爸爸再相聚的日子，她才「甦醒」。

冬眠的媽媽衰老得很快，無精打采，明明五十多歲，視覺年齡卻六十歲了。但每當爸爸偶爾一次的回家，她便快速的容光煥發。

爸爸又回家了。

他剃了鬍子，故作年輕，整天戴著年輕人流行的鴨舌帽子。他問我：「這樣潮不潮？」一個中年人刻意說些流行用語，令我發毛尷尬。爸爸笑臉迎人的主動想找我聊天，我卻刻意的疏遠。

因為他消失的日子，令我耿耿於懷。

我忍不住想，新潮的帽子、流行語，是哪個年輕的阿姨教他的？

爸爸這趟回來，整個人清瘦。是被哪位阿姨榨乾了？我不敢問。

他說他戒了菸，也戒了酒，只喝茶：「我跟普洱，相見恨晚啊。」

一定是在新的家庭裡養成的新習慣。嗯，噁心。

他說起話來，是故作輕鬆，陽光燦爛的說著：

「過去的就過去了。」

「關關難過，關關過。」

「平日積善，順其自然，自有福報。」

爸爸的正能量有一種刻意感，好假。

這種男人只會出一張嘴。你根本不知道我們過著怎樣的日子。

但是，原來男人的陽氣這麼有用，媽媽一吸就能一夕復活。

但我可沒媽媽這頭戀愛腦，沒這麼好打發。

你們過去了，不代表我過去了……

過往心結、內心的無助感，我已經開始抗拒這一切了……

我甚至再次有了不好的念頭

——如果媽媽一直冬眠，也許比較好。

復活期的媽媽，睡眠時間通常很短暫，每天只有兩小時，她神采奕奕的聯絡左右鄰居、行事積極的張羅家宴，備下鋪張華麗的餐具和食材。

這些高階食材、精緻食物令我不安。

我配不上，我們家配不上啊……

爸媽從未和我談錢，但我都明白，那些討債人雖然不再上門，但爸媽已經不像從前積極工作，他們的事業都停擺了。我光是讀空氣都能明白，錢是問題。

我平時在外都不太敢花錢，因為不再富裕的我們家，我每一筆花出去的錢，都是在跟父母索命啊！

工廠沒了，爸媽狀態不好，我們家失去了主動收入，為何沒人擔心爸爸賣地的錢會被耗盡？

下課回家，兩輛貨車停在家門口，卸下一箱又一箱，客廳堆滿了大量貨品，媽媽將其拆開，是茶餅，普洱茶磚……香氣四溢。

結束冬眠後的媽媽，瘋狂般大量購物。客廳放不下，疊高如牆，直通天花板，只留下一條小通道，通向餐桌的小道，小道的盡頭，是擺滿一桌華麗饗宴的用餐區……

那個夜晚，爸爸找人把媽媽抓走了。

幾週後我才被告知，

原來媽媽的瘋狂購物和攻擊性……

「冬眠期」跟「復活期」反反覆覆……

這叫躁鬱症。

……

媽媽生病後，我和爸爸的隔閡更深了，因為我認為是他害了媽媽。於是我和爸爸再也沒說話，他幾次找我，我都不再搭理他。

也許找個人責怪，心裡就會好受些，畢竟我心裡明白……

「媽媽會生病，肯定有部分是我造成的……肯定也有我的份。」

因為阿嬤還活著的時候，常聽阿嬤說，媽媽生下我後，身體受損就再也不能懷孕了，體力也變差、被妊娠紋烙印，身材胖了也瘦不回去，年輕的衣服都穿不下了。代謝失調，外表蒼老好幾歲。

那件水鑽藍色連衣裙，就是爸爸當時送給媽媽——不管妳變成怎樣，都是我珍惜的對象。

媽媽生下我以後，就像重生，換了一款身體條件比較差的人生。水鑽藍色連衣裙，是她重生後的第一套衣服。

也許正因為得知這些故事，我對於我的存在，始終感到虧欠。

正因為虧欠，所以被針刺的時候，我默默承受了……

每當媽媽冷靜後，總會向我道歉。於是重複著傷害我，再道歉，再傷害，再道歉。而我也是死循環，重複著被傷害，再原諒。

即使被她傷害，我也會陪她睡同一張床，背靠背，或肩靠肩。

我從小就很黏媽媽，更以前的記憶不記得了，只知道從我有記憶以來，我明明有自己的房間，卻老想陪媽媽睡媽媽的房間。

每次有爭執，冷靜後，我們都會和好，家人不正是如此嗎？

雖然爸爸不愛我們，但至少，我們還有彼此啊……

請你不要傷害我的心，
因為心裡面住的是你。

離開精神病院的媽媽，在服藥後總是傻傻愣愣，不像從前說話尖銳，也不再身手俐落的幹針線活，她也很少跟我說話，既不像冬眠，也不像甦醒，就是緩緩的、若有所思、冷冷靜靜的……

這段時間，第一次考大學的學測我沒考上，分數夠，但要面試，我辦不到。對陌生人說話是我的弱勢。於是我只好準備半年後的「指考」。一種只看成績，不用面試的入學考試。

忙於讀書與考試的日子裡，我刻意凌晨才回家，清晨一醒就出門，盡可能減少與他們共處一室的不自在。

我很忙，我沒空面對這些心結。

只知道梅雨季那陣子，彰化下了很多的雨，那陣子，媽媽再一次等不到爸爸回來。

再一次凌晨回家，推開大門，見媽媽在塞滿茶磚的客廳翻箱倒櫃。一看見我，便叫我去當傳聲筒：「快，打給妳爸。」

我立刻察覺不對勁，她渾身散發躁動，我猜測是病況復發。我問她是不是沒吃藥？她答非所問的說：「去打電話給妳爸。」

我說：「我們現在去掛急診。」

媽媽卻堅稱自己沒有病，不用去醫院。

「妳今天是不是沒有吃藥？」

她說：「我沒病，打給妳爸！」

我冷靜的說：「不要諱疾忌醫，妳這樣只會越來越嚴重。」

媽媽繼續堅稱自己沒病。我真的受不了她這樣……

我說：「掩耳盜鈴有意義嗎？妳明明知道自己有狀況，也明明知道爸爸有狀況，妳都不問清楚、不攤開來講。生病不看醫生，假裝沒病就會好嗎？夫妻出問題，假裝沒事就會好嗎？妳……」

媽媽試圖打斷我。我立刻用比她更大的音量喊回去：「閉嘴，我還沒說完，妳聽清楚！」

我說：「妳老公不回家，不知道去哪裡，妳也一樣不追問清楚，妳從來不面對問題本身，只會鴕鳥心態假裝沒事，守在原地妄想問題會自己消失，妳不處理誰會幫妳處理？只會放任問題爛掉！」

媽媽突然異常冷靜，冷幽幽的說：「對，對，對，對……我有病，我會去看醫生，看完之後，醫生會跟我說我變得更嚴重了，到時候，要麻煩妳喔，妳就把我殺死吧，我不會造成任何人困擾。」

媽媽說完，突然走向我，靠得很近，並自顧自開始尖叫。

銳利的尖叫聲穿透我的耳膜……

「呀——啊——呀——啊——」她猙獰的驚聲尖叫。

尖銳的音調吼著：「妳快點把我殺死！！」

「快點——啊——呀——啊——呀——把我殺死！！！」

媽媽不斷尖叫：「你們每一個人為什麼都要給我壓力！！！」

尖叫的可怕程度，是一種情緒暴力，暴力強度快要震裂心臟……

媽媽躁動的衝進廚房，一陣鏗鏘的聲響後，她手持一把鋒利的水果刀衝向我，刀尖在燈下發亮，她持刀驚叫！

那一刻，是我第一次面對死亡。

腦海裡一瞬間預演了刀尖刺入我身體的畫面。

我緊握拳頭，閉上雙眼。

我以為她會殺了我。

她卻瘋狂把我的手掌掰開，把刀子塞在我手裡……

「我不會造成你們的困擾，我去檢查完，妳就趕快把我殺死！」

「殺死我！」

「殺死我！」

「殺死我！」

她一直尖叫吼著「殺死我」三個字。

我不發一語。直到她終於停止尖叫。

我們倆站在堆滿普洱茶磚的客廳，各自一個角落。

空氣沈靜到令人窒息……

安靜下來的媽媽，突然開口，冷冷的說：

「如果……當初沒有生妳，我現在的生活不會這樣子。」

聽見這句話時，我的心臟被劃破一道裂痕，一瞬間破碎了一塊。

這一次，我深深感受到，已經不再是道歉就能復原的了……

被針刺的身體之痛，我都能忍受，

但**「如果沒有生妳，我現在不會這樣。」**

這句話，是她深刻的懊悔。

刀尖沒有刺進身體，但言語如利刃，精準刺進我的心臟……

她徹底否定了我的存在。

那一刻，我不知道為何，竟也開始對著她尖叫……

「啊——！呀——！啊——！呀——！」

像她對我吼叫時一樣，我也吼叫了回去！

十倍的！百倍！千倍的驚叫！

直到我承受不住了……

提起最後的力氣，說了最後一段話：

「妳怎麼會想把自己的小孩變成殺人犯？如果妳真的不想造成別人的困擾，想死，也應該自己處理。」

說完，我扔掉那把水果刀，

我躲回房間。聽見門外她再一次的開始尖叫……

面對這一切……我無能為力啊……

情緒像是一種傳染病。

她的歇斯底里傳染給了我，當我把她對我的尖叫，原封不動的歸還給她，也對她尖叫嘶吼的那一刻，我也成了我最厭惡的樣子。

這個夜晚，我和媽媽，不再如往常般擁抱和好……

好痛。好痛。不再是道歉就能復原的了……

你被傷害了一兩次，
可能只是彼此有誤會。

被同一個人傷害了三次，
可能是對方有問題。

若被同一個人傷害了多次，
很有可能是被傷害卻不離開的你有問題。

和家人鬧翻後，隔日，我報名了考前衝刺班，

住在宿舍、醒在教室、手機關機，直到一個月後考完試。

考試結束，不見天日的捱過半個夏天，

再次打開手機，我收到了一則簡訊：

「孩子，文恩，媽媽對不起妳」

嗯，又是道歉。看到以後，我心軟的再一次選擇原諒她。

家人之間，又有什麼是不能原諒的呢？

我還想再像從前一樣，我們給彼此一個擁抱。

沒有問題是一個擁抱不能解決的，對吧？

回家路上我在想，我考上大學之後，去打工，薪水夠兩個人吃飯

嗎？學費可以貸款，但媽媽醫藥費怎辦？我仍在想解決辦法……

如果我拿著一張能上台灣最高學府的考試成績單回家，
爸媽會不會歡欣鼓舞的向周邊鄰里炫耀呢？
想被讚美、被肯定的期盼，再次悄悄浮現。

回到家，卻只看見桌上擺了一疊厚厚的千元鈔票。
和一張撕掉的日曆紙，被字跡潦草的寫著「照顧好自己」。

我等到夜裡，等到隔日，等到考試放榜……都沒人出現。

為什麼不接我的電話？為什麼好不容易接了電話卻草草掛上？
為什麼不告訴我妳去哪裡？為什麼一直把我往外推？
為什麼一直強調十八歲就是大人了，要自己照顧好自己……
為什麼妳認為妳沒有我，妳會過得更好？
我已經這麼努力讓自己不造成別人的負擔……

我猜測媽媽也許是為我好，也許她住進了精神病院？
也許她是為了不拖累我，才選擇離開我。
但在我的逼問之下，她卻只會叫我不要管她，便掛上電話。

我沒辦法和她正常交流。
每一次通電話，結局都在她的尖叫聲中收場。

我努力的催眠自己——
「媽媽肯定是為我好，是為我好，是為我好……」

當家裡不再雞飛狗跳，安靜無聲，空無一人，
只堆滿了媽媽躁期時狂購的一箱箱普洱茶磚。

這一刻，媽媽那一句：
「如果當初沒生妳，我現在的生活不會這樣子。」
這句話卻成了我的心魔，每當想起家人，心魔就會浮現。

我在空蕩蕩的家裡等了好幾天，始終沒人回家。
我漸漸相信，一個傷害我那麼多次的人，不可能替我著想，傷害就是傷害，沒有「傷害的背後藏著巨大的愛」這回事。

人們不過都是為了自己。

一段關係若缺少陪伴與關心，不曾一起共創生活……那麼在一起也沒有意義，只是徒增孤單，那些有名無實的時光，回想起來是一片空白。不花心思經營關係的人，就注定會失去一段關係。

直到十八歲生日當天，我終於死心。
我拿著桌上那十萬元的鈔票，離開了這裡。
我會永遠離開，不再讓你們任何一個人有機會向我道歉。

搭乘北上的夜車，抵達陌生的城市。
從此，被拋棄，成了我的致命傷。

我們之間，死生不復相見，就是最好的和解。

第二章

為了更好的生活
向前跑，縱情燃燒吧

當一段關係總激發你的負面情緒，
引起你的脆弱、焦躁、不安全感，
當你用盡全力，卻無能為力之時，
不再聯繫，是給彼此最大的善意。

我難以遵從捷運上的這一條規定——

「建議旅客把背包揹在胸前，以節省車廂空間」。

辦不到。因為背上有後揹包才能抑制我在人群裡的恐懼，尤其是塞滿乘客的車廂裡。學校座位我也只接受角落的最後一排。背後不允許坐人。

即使不再和家裡聯繫，過往的痛，都會在我的後背或肩膀被觸碰的當下，一口氣襲來——先是被針刺的疼痛，再來腦海閃過那張「總把焦點聚焦在哥哥」的餐桌，接著，是拿著成績單，回家後的人去樓空……是不管我怎麼努力都不被重視的感受……

我被所有人不要了……不被選擇的感受……揮之不去。

「如果我媽死掉就好了。」一我常常這樣想。

火車翻覆，飛機墜落，車輛墜崖，都好。去死就好。

後來，認識的人只記得我叫小恩，因為我不再對外提起本名。唯有這樣，把過往的線索根除，我才能正常生活。

八月三號，抵達台北的清晨，我找了一間頂樓加蓋的出租套房。大學錄取結果尚未公告，一個月後才開學，只有高中學歷的我開始應徵打工。

我被一間飲料店收留，店長答應只讓我做後台內場工作。

那時酷暑，現場客人排隊，外帶電話也一直響……在兵荒馬亂之際，一位工讀生，他對著空氣說：

「點餐而已，這麼簡單的基本工作也不會嗎？」

同事也經常陰陽怪氣的說：

「店裡有人不努力，別管她吧，隨她去。反正世界上多的是有人在努力，他們會幫妳把事都做了，也幫妳把錢都賺了。」

她沒有指名道姓，但聽起來是說我。

她說：「電話一直響，最閒的人卻不接電話。」

我不擅長和陌生人溝通，但太愛面子的我，也硬著頭皮去做了。

這段期間，忙了一天，手機經常有來自媽媽的未接來電，一次就二、三十通，其實她也沒事，就是老樣子歇斯底里，她傳簡訊說：「如果妳再敢不接電話，我乾脆死一死算了。」

我很想冷冰冰的回她：「好，請妳說到做到。」

但我冷靜了下來，刪除了原本正在輸入的文字。
我不想用妳傷害我的方法傷害妳，
但我也不會再讓自己的情感被勒索。
劃清界線、已讀不回，是我最大的善意。

接著大學放榜，網上查到了我的台大錄取通知。
什麼科系？也不重要。沒用的科系，一個不討厭的科系。
畢竟當初的原則是「只要是台大就好」。

走進校園，站在塞滿新生的開學典禮，我卻感到空蕩蕩，
我不知道為什麼我要在這裡。

最一開始，是想贏過哥哥的清華大學。一心想比他好⋯⋯
後來，是想給爸媽看看我的能力、給我一點肯定⋯⋯
現在，當這些都拋下以後，我不知道我為什麼在這裡。

但日子匆匆忙忙，忙於課業之外，在飲料店打工有跟陌生人對話的挑戰，同時兼任家教，我沒有多餘心力思考「我為何在這裡」。

我只知道，被同事看不起，我會更努力的證明我可以……

兼家教是因為時薪高，我想存錢。我們家就是沒錢才會滅亡……

「為何在這裡？活著的目的？」漸漸不重要了。

因為與其擔心未來、思考沒有答案的問題而困在原地，不如現在動身，追逐那雖然未知，卻廣闊明亮的理想生活。我相信，活著的答案不是想出來的，而是在踏實幹活裡找到的。

你若用你經歷有限而所知有限的腦袋，想思考出活著的答案，那麼，你所得到的答案，也只是你的狹窄視野裡的答案。

所以，追吧……即使沒有答案、方向不明，也要燃燒自己，只為了前進。這條路上，唯有奮鬥，才能給我踏實的心安。

獨自在一座陌生城市開鑿新的生活，醒來的一分一秒都是錢。
逃離家鄉的我，高昂的房租配上沒有品質的生活，
若不賺錢，吃下的每一口飯都不踏實。
若不努力，就得困在狹窄的空間如螻蟻般渺小。
為了向下扎根，為了未來有一份簡單安逸的生活，我必須賺錢。

用錢，把人間的窘境與困頓，變得柔軟……
用錢，把生命的皺褶與不順，燙得平整……

為了證明沒有父母我也可以，
證明沒有父母的肯定，我也可以好好的。

大雨滂沱之時，沒有傘的孩子，才會拚了命的向前跑。
「證明自己、追逐金錢」，成了我活著的宗旨。

如果收入不高，
你此刻不一定要存錢，
但你一定要努力積攢人生歷練，
因為攢在自己身上的不會消失，
它們將永遠陪伴著你，
等待時機來臨，
使你綻放光芒。

脫去高中制服，穿上便服的校園，你的穿著打扮，變成同儕評判你來歷的標準之一。

在行政處排隊時，聽見另一道排隊窗口的男同學說：「保時捷不能曬太陽，麻煩你們幫忙安排地下室的位置。」

一開始我以為「保時捷」是某位生病的同學，所以不能曬太陽，連上課都只能安排在地下室授課的課程。偷聽了很久，才搞懂話題的主角是一輛車。

當我在詢問學費最晚何時要繳清，那位腳踩潮流新鞋、衣著不凡的男同學，在詢問如何申請汽車停車位。原來他和我同班，但每當我看見他，總想不起他的名字，只記得那三個字「保時捷」。

人們言談間的攀比、對穿著的掃視，引發了我的自卑感，更加深了我對社交的排斥。因為，我已經不是那個「沒用的富二代」了，去掉富二代，只剩沒用二字。

我們的起點是同樣的大學，卻是不同旅程，
他們來體驗、網羅人脈資源，我卻埋頭苦讀、打工存錢。

後來我才發現，其實沒有人在攀比，
是我的自卑心，讓目光所至之處，都在衡量輸贏，

掃視他人，而衍生自卑，是我，
言談間發覺自己和他人有階層落差，是我，
是我的經歷和內在的脆弱，讓所見一切都成攀比……

他們，上一個階層的人，根本沒在跟我比，沒把我放在眼裡。
他們比較的對象，是跟他們差不多階級者，而我從不在範圍裡。

此後，我選擇獨來獨往。

獨來獨往的我，從來不孤單。
反而多出大量時間，專注於提升自己。

獨來獨往的我，是為了減少麻煩，
與其忙於應付表面的社交，我更想將時間花在實踐自己的目標。

獨來獨往的我，和每一位靠近我的人保持距離，
保持心理距離，不交流，我就不會失望，也不會令他人失望。
待人冷漠，是為了保護自己，不讓他人的情緒影響自己。

直到那位同學的出現，方美玲。

課業表現優秀的學生，通常打扮比較規矩。而她，卻是露腰的低胸背心，露出鎖骨上的刺青，和腰間的肚臍環，低腰褲上那高衩外露的黑色內褲頭，在挑戰老師視線的底線。說話時，看見她口中有東西發亮，我問，而她立刻大方吐舌頭，笑著說，是一顆銀製的舌環。

如此大方而不畏懼世俗眼光的她，閃閃發亮，從一開始就吸引了我注意，因為她擁有我匱乏的。她活在與我相反的世界，自卑和自信的兩極。

她所到之處皆是目光焦點，和眾人打成一片，她叛逆的挑戰別人的三觀，在體制外遊刃有餘，卻又同時在體制裡取得優異成績。

這樣的人，我遠遠注意，卻不敢靠近。因為她有太多朋友了，不差我一個，一旦有別的朋友出現，她肯定不會選擇我。

就像高中時，那位再也不理我的學姊一樣。

喔……我的自卑又發作了。

我問了方美玲：「妳為什麼主動靠近我？我這麼無聊的一個人。」

美玲說：「不知道，拯救妳？做善事？看妳常一個人有點可憐。」

美玲的回應，加深了我的自卑，我高攀不上她這樣亮麗的人。

回到租屋處，我看著那罐名為「失望」的存錢筒，當年還沒存滿。那些年，我都還沒失望到要扔下一切離開，我都還在忍、還在努力，你們卻先丟下了我……

「比起被拋棄的痛，當一個主動離開的人總是比較好過吧？」

我記取了這份教訓，不再讓自己成為被拋棄的那　個……

我刪掉了方美玲。

取消追蹤方美玲的 Instagram，不再查看她亮眼的社群照片，不想了解她去過的國家、滑過的雪、住的飯店，在學校也盡量迴避。

我們讀同一所大學，但她生活的世界，不是我的世界；那平行時空般的差異性，我們不會有交集。

正是這份自卑心，讓我格外努力。在飲料店工作的日子，我瞭解營業帳務、熟悉原物料成本、明白產品製程，每當店長說我做事有效率、交給我做他很放心等等，就讓我更想為店裡付出。

一年後，我升上正職，成了扛下主要店務的重點員工。
這天下班，坐在打烊後的店門口，和店長聊著我一年來的成長。
男孩子般的短髮還在、白透了的皮膚依然白、新衣服也沒買，
窮酸依然窮酸，辛苦依然辛苦，錢還是不夠用，但我不一樣了。
面對陌生人，至少我有勇氣與他們四目相接，不慌不忙的點餐。

公司開出一個職缺，店長想推薦我
——這個夏天，去受訓升職當儲備幹部。
店長不是挑店裡前輩，而是挑中了我。
這份肯定對我很重要。

這些日子，我深刻明白，
努力的人之所以不斷向前追趕，
是因為每一個明天，永遠有一個更優秀的自己。

雖然領著微薄的收入、做著微小的進步……
但更重要的，是努力嘗試後，刻在我身上性格上的改變。
這些埋在我身體裡的因子，會陪我走得更長更遠……
謝謝店長給予的升遷機會，是對我重要的認可。

我不想再苟延殘喘。
即使前方將迎來冷言和嘲笑，被現實折騰，我也要奮力一搏。

青春是一段「做任何嘗試都穩賺不賠的時光」。
因為我們是白紙，任何嘗試，即使失敗，也都算是經驗的累積，
所以我想去挑戰、想要冒險、想嘗試未曾體驗的生活。

此刻，奮力燃燒吧。
生命的遼闊、未來的燦爛，若不經歷磨難又怎能看到？
我要起步，去追逐讓自己發光的瞬間。

所以……

我拒絕了店長。

「接下來，我，要開一家屬於自己的店。」

一輩子最大的不幸，
就是不去挑戰自己，
不肯冒險、不敢追求，
不願嘗試沒試過的生活。

只是滑著社群，
瀏覽別人的人生，
過著老了以後也能過的日子。

如此，你擁有青春，
又有何用？

在一無所有的年紀，做任何事都可以，因為沒有東西能失去，所以儘管去嘗試、去試錯，因為即使虧了錢，也獲得了經驗。

若我接受店長的升遷邀請，去受訓，回店裡當幹部，每個月固定領四萬元月薪，非常安穩，是很好的機會。但我拒絕了。

因為在十九歲這個年紀，時間是我握在手中「最有價值的籌碼」。換句話說，是「機會成本」。

我若把時間花在當幹部、領薪酬。那麼我失去的，就是在這段時間裡，我原本可以累積的創業經驗值，以及創業成功的可能性。

我還開不起一間店，但我可以先做一個小攤販，讓每一杯賣掉的飲料，扣除成本和員工薪資後，所得來的利潤，都回到我自己身上。

成功是在踏出第一步後，才會開始累積的，我必須先踏出那第一步。

於是仍是大學生的我，在商圈有了攤位，有一輛載滿飲料的餐車，有懵懂卻奮力一搏的勇氣，也有快要見底的存簿餘額……

商圈鄰近國泰醫院，附近有大量商辦大樓，路過的客人很多，但他們通常只給我一次機會，喝過以後，若不喜歡，就不再光顧。

且自己開業以後，要幹的苦力比上班更多，我幾乎是犧牲掉課業，瘋狂的幹。扣除成本後，也才換來一個月四萬元的利潤。

如果我聘請員工顧攤位，我就沒有收入。

這樣的苦勞，還不如回店裡當員工，一個月一樣四萬，還能兼做高時薪家教，並同時兼顧大學課業。

我的成本太高、利潤太薄、銷量太少。利潤薄的產品，需要衝大銷量，雖然這裡人來人往，但沒人記得我的攤位。

我去了一趟雲林的原物料工廠，希望能談下比較好的原物料進貨價格，這趟差旅，是創業後，對我而言最重要的人格轉變……學會了不擇手段也要生存下去：「臉面不再重要，生存擺第一」。

業務員拒接我的電話、接電話的窗口也態度強硬，我只能親自到現場，尋找降低成本的機會。下午，我終於見到負責人林廠長。

林廠長是五十多歲的大叔，開業多年，掌握大品牌的大量訂單，而我沒有大筆銷售量作為底氣，沒籌碼跟他談價，只能跟林廠長耗時間。

林廠長像訓導主任對學生訓話一般，把我斥責了一頓。我確實站不住腳，也沒有讓他們降價的正當性。

其實這次開店，我帶著一個決心：「就活這一次，下次不來了。」破釜沈舟的去活這一輩子，丟臉無所謂，大不了下輩子不來了。

我於是厚顏無恥，用撒嬌的方式，拜託他支持剛起步的我。動之以情的訴說創業的辛酸、一路走來的辛苦，試圖喚醒他的同情。

很糗。但竟然管用。

只能說不要臉的人，運氣會變好。

這是我第一次如此羞恥的，為了活下去而丟掉面子，不顧一切拋下在利潤面前不值得一提的臉面。

「自尊心」在我心裡，生來是分量很重的存在，但丟掉自尊以後，心裡突然好輕鬆。原來人一旦不要臉，就能真正無所畏懼。

我不要臉的跟去林廠長家，也不要臉的吃了林太太做的晚餐，「沒見過這麼倔強的女孩子。」林廠長拿我沒轍的說。

林廠長得知我的創業剛起步，他也老王賣瓜的說著：「當年的我，比你們這一代還辛苦，工廠都差點倒閉了。」

有縫隙了，我們之間開始有了些共情。

我見縫插針，趕快接著詢問林廠長的故事，老人家都喜歡年輕人聽他們訴說當年的年少英勇。我聽著，故作崇拜，林廠長便滔滔不絕訴說他的輝煌戰績，他的工廠曾經差點倒閉，後來幸運被朋友救助，林廠長重新起步後，千辛萬苦，終於拿到大品牌訂單，好不容易才重生。

林廠長的教育時間到了：「出來混啊，朋友最重要，知不知道？」

我說：「知道，林廠長的故事給我很多啟發。」

林廠長問：「妳叫什麼名字？」

我拿出名片，上面印著「小恩」，沒有全名，只有小恩二字。

林廠長說我這樣不禮貌，我才道出我的本名——初文恩。

林廠長問：「初文恩？」

我說：「對，初文恩。」

林廠長像是重聽般，粗聲粗氣的再一次問：「什麼？初……文？」

我說：「對，大年初一的初，文章的文，很奇怪的名字，哈哈。」

經過我使勁的討價還價、情感勒索、向長輩撒嬌後……

林廠長吃著飯、想了想，還去外頭抽了好幾根菸，飯桌上剩下我和廠長夫人，我再使勁的誇夫人做的菜好吃，避免桌上剩下筷子碰撞碗筷的聲響。那安靜該有多尷尬。

到底是幾根菸才會抽那麼久？林廠長終於回到飯桌。吃飽以後，他說：「還真是讓我見識到了，妳是真的倔強。」林廠長說著，也哈哈大笑著。

他表示同意了。他真的同意了！

他們會把工廠幫大品牌生產原物料時，多餘的剩料，用較低廉的價格賣給我。林廠長說：「品質很好，報廢也浪費，就給你吧。」

後來令我更震驚的，是那低到讓我願意磕頭膜拜的進貨價格，還真的是名符其實的「給我」。

不要臉的我，運氣真的變好了。

無所畏懼的我，運氣真的變好了。

回台北的路上，我回了趟彰化，把老家那毫無用處卻堆積如山的普洱茶磚整理了起來，這是我的第二個目的：「零成本的茶葉」。

記得那陣子，爸爸戒酒後喜歡喝普洱，這些無用的茶磚，是媽媽躁鬱症發作時，為了買來討好爸爸，失控狂購的結果……而我將善用其殘餘價值，把它們變成我創業路上的墊腳石。

面對過往悲劇性的命運，我不曾投降，現實再殘酷，我也不會跪地求饒。

我重新調整了品牌策略，品牌若要被記憶，就不能像其他店家一樣什麼都賣。我只賣普洱調製的產品，這是我的品牌記憶點。

蜂蜜普洱、菊花普洱、冬瓜普洱、檸檬普洱、普洱鮮奶……全系列普洱產品，菜單變得有個性。

商圈店家太多，必須先「容易被記住」，才有更高機率被選擇。

這一次，是一種賭。

是方美玲給我的啟發，她在人群裡是多麼的耀眼、受歡迎。
因為她從不隨波逐流，她的一舉一動，只取悅自己，只做自己。
只有做自己，把自己獨特之處放大，才能醒目。
相信這一次，我會更醒目一點、更靠近成功一點。

曾經不被家人們重視，現在，我把重心放回自己身上，不再研究那些令我失望的人，不再思考如何取悅他們、留住他們的目光、獲得他們的讚賞……都不重要了。

與其奄奄一息的苟活，不如此刻，縱情燃燒吧！
向前跑，去追逐變好的可能，終有一天，我會發亮。

我只專注於向前看，
因為明天有一個更好的我，在等著我。

「我原諒你們了，但我們不要再聯絡了。」

離開家以後，過年、中秋、父親節、母親節，這些與家庭相關的節日，我都塞滿了工作。必須忙到累倒，再也睜不開眼。

手機至今依然偶爾會響起父母的電話。我不曾接聽。「您好，有什麼事傳訊息吧。」我以訊息禮貌婉拒通話。連年夜飯都獨自一人熬過了，何況電話。我不想聽見他們聲音。

話說媽媽這幾年收斂許多，傳來的訊息已經不再是情感勒索、沒再威脅我不接電話她要去死。但我依然與她無話可說。拒接。

我和父母之間，起初只是記恨，後來變成無言以對……再後來，久未聯繫的我們之間，瀰漫一股尷尬。

因為不熟，不知再如何開啟話題，因為心有芥蒂，說什麼都不自在。久而久之，多年過去，如今只剩陌生。

「女兒，祝福您，新年快樂。」

「謝謝。」

媽媽問：「最近是否安好？」

我簡答：「嗯。」

媽媽說：「瞭解。」

媽媽問：「爸爸要我問您，中秋連假回家嗎？」

我回：「不。」

媽媽說：「好的。」

我說：「不要再聯絡我，我跟你們已無話可說。」

媽媽卻只傳了一張照片，照片上寫著「早安」。

她的若無其事真令人厭煩。

曾經對我施暴的是妳，現在客客氣氣故作禮貌的也是妳。真虛偽，真做作。妳根本不懂，妳的雲淡風清，卻是我的深淵谷底！

偶爾會收到媽媽傳來圖檔，都是美麗的國外風景照，有時是夏威夷海島沙灘，有時是歐式古蹟，照片被打上「早安」二字，或「佳節愉快」，這些無意義的長輩圖，我一律已讀不回。

老人們踏入數位時代後，都有這樣的壞習慣，上網抓取好看的圖片，打上問候語，肆意的傳給親朋好友，殊不知都是垃圾訊息。

我們的對話紀錄就是這些。

一個人禮貌提問，另一個人兩個字內答覆。

她的用詞也很謹慎，「您」、「好的」、「瞭解」。

客氣，禮貌，陌生。

我們之間能以此模式相安無事，不再相見，已是最好的結局。

我忙。我忙於追求更好的生活，實在沒有多餘心力去糾結往事，父親、母親、哥哥、傷痛、遺憾，全當垃圾丟了，不再被牽絆。

後來，媽媽再一次的傳訊息來。

「女兒，媽媽想跟您和解……」

又來了。

又來了。

又來了。

背上陣痛不已，可怕的家庭記憶閃過腦海……

那些尖叫聲、揚言要死、針刺、孤單的餐桌、空蕩蕩的等待……

我想要的只有「平靜」，不要再擾亂我的人生……

為什麼父母總是我行我素？

又一則訊息來：「做父母的，見女兒脾氣這麼倔，心裡也疼」。

又來了……

明明是你們傷害了我，為什麼反過來責怪我的脾氣倔？

又來了……

傷害我，再找我和解，再傷害，再和解的無限循環……

重複這一切、拖垮彼此人生，有什麼意義？

她當年在我耳邊大吼著：「殺死我、殺死我、殺死我！」

記憶裡的恐懼感，不斷迴盪，言猶在耳……

這幾天我的背總在痛，痛到無法下床工作，
只要外出，看見人群，我就恐慌，花了好幾天才重新冷靜下來。

我傳了幾則訊息：
「我原諒你們了，但我們不要再聯絡了」。
「你們養我到十八歲的錢，我以後會償還給你們，一毛不欠」。
「再也不要見面了，請尊重我」。

我把父母的聯絡方式封鎖了。
告訴自己，過去都不重要了。

我未曾擁有的「被重視」，我會找到世界的某處，有別人能給我。
我不再和曾經讓我失望落淚的人糾纏，
不期待，就不遺憾。

別怪我變得生疏冷漠。
每一個心灰意冷的人，
都經歷了笑臉相迎後的心寒，
體會過熱烈主動換來的失望。

我的冰冷是一種成熟，
學會把你對我的態度，
原封不動的歸還給你。

我們努力工作，
是為了擁有生活，
而不是失去生活。

做著辛苦的工作、忙到失去生活、承受巨大壓力，是為了什麼？其實我們的努力，都只是為了換來更好的生活……

用現在的苦日子，換未來的好日子。但若努力並沒有讓我們擁有生活，反而失去生活，並且漸漸對未來失去想像，那麼，就會產生放棄的念頭。

我常有放棄的念頭。自從我的攤位換成全系列普洱茶產品後，業績卻沒有成長。雖然成本大幅降低後，利潤確實提高了，但客人卻沒有變多。銷量難以成長。

這時，我遇到了我的第二位貴人，王婷婷。她和第一位貴人林廠長一樣，給了卡關的我，極大的幫助。

攤位業績持續下滑，我正考慮放棄時，王婷婷第一次訂飲料，一次就是一百杯。超過我一整天的銷售量了。

王婷婷收飲料的地點是附近的國泰醫院，她是護理師。穿著護理師服裝的樣貌溫柔，連付錢時，手心與手指也對鈔票溫柔。

此後，她每週三固定會訂購一百杯飲料，是醫院同仁的團購。正是這一筆訂單，支撐我無數的創業黑暗期。

這天，同班同學正好經過我的攤位，我壓低帽簷，想著倒霉，已經特別選了距離學校較遠的商圈，醫院附近商圈往來人流都是長輩或上班族，這裡不該出現同學，我就是為了避免遇到同學！

而那群同學，領頭者是「保時捷」，那位要幫保時捷申請地下室停車位的男同學，其中一位同學認出了我。他們開始點餐。

就是這天。我再一次的放棄了我的飲料攤位。

「妳是來做志工嗎？」

「是幫忙唐氏症的嗎？還是弱勢家庭？」

「妳這樣有多少學分？是什麼社團？」

「妳做這些是為了之後要申請國外的學校嗎？」

問題一句句被他們天真的說出口……我無地自容。

他們的世界裡，所謂「做苦力」，是為了謀得更好的社會觀感、個人品牌的包裝，是富人為了得到主流的肯定，而刻意向下兼容。

最讓我受傷的，正是他們毫無傷害我的念頭，他們發自內心的說出善意的關心，卻每一句，都讓我的玻璃心，閃現一道道裂痕。

我隨便回了一句「幫朋友顧店」。

他們一人買了一杯飲料。保時捷說也想幫忙「做公益」，隨手多留了一千元紙鈔在櫃檯。他們離開後，我探頭查看他們是否走遠，卻看到遠方的他們，陸陸續續把才剛買的飲料扔進垃圾桶。

看見同學生活的姿態輕輕鬆鬆，而我辛勞工作、毫無生活可言的汗流浹背，那一刻，我再次懷疑了自己的決定。是不是該回到學校唸書？兼家教？當正常的學生、兼正常的差？

他們樂於談論的，是國際視野；我糾結的，是蠅頭小利。

我為我小家子氣的思維感到羞愧。

所以我放棄了。

是啊，努力是為了有一天能好好生活，而不是失去生活……

我為什麼要姿態低人一等的活著呢？

回到學校。我重拾了無限循環「讀書、上課、兼家教」的生活。除了考試以外，我什麼也做不好吧？

如果努力工作是為了獲得生活，那生活又究竟是什麼？我回到和多數人相同的校園生活，過相同的「生活」。但讀書與考試的輪迴裡，空虛的活著，是為了什麼呢？

手機仍然固定會在週三響起護理師婷婷的號碼來電。我選擇忽略，因為光是說出「我放棄了」，就是一句最丟臉的話……

緣分很巧妙，在一場學校舉辦的捐血活動，我再一次遇到護理師婷婷，她看見了我的垂頭喪氣，對我說的第一句話是：

「妳店裡的普洱茶其實很好喝。」

只因為這句話，一句簡單的話，我的心卻再次掀起波瀾……

「真的嗎？」我想起小時候曾被爸媽讚美時的感動……

「但是同學們把我的飲料都丟了……」我說的是那群男同學。

「其實只有純普洱茶好喝，其他妳調過的飲料都……怪怪的。」

婷婷實話實說。我有點挫折。

婷婷接著鼓勵我：「妳不想把飲料調好，讓妳同學喝了還想再喝嗎？」對。我想要得到肯定……

婷婷說了一段很有哲理的話：「如果在失敗的那一刻，選擇停下腳步，就真的失敗了；但如果失敗的那一刻，妳繼續往前走，那麼，失敗，也不過只是通往成功的步驟之一罷了。」

「其實小恩妳的食材都很好，就是比例不對、處理方式不對。」婷婷的味覺敏銳，對飲料的口味也有鑑賞力，我們約定好，每天我會調整配方，外送到國泰醫院，讓她幫忙試味道，她會傳訊息回覆我試喝心得，協助我把產品口感優化。

我重新振作起來。

茫然的我，再次燃起奮力一搏的希望。

雖然，我仍不知道什麼才是我要的生活，

但我知道，絕對不是滯留在校園裡，和同學們過相同的生活。

可能很多人像我一樣……

因為從沒特別喜歡過什麼，所以不曉得自己的夢想，但我想說的是，我們的每一次嘗試，都只為了讓自己更明白，自己不要什麼。嘗試以後，把不喜歡的刪除，剩下留下來的，就是可以接受的。慢慢來，會找到自己適合的生活，對吧？

過程可能踩了個坑、撞了牆、跌一跤，讓你陷入谷底，這時，記得暫時休息一下，把生活切換成自己喜歡的頻道，因為努力是為了更好的生活，而不是失去生活。

那些活得通透的人總說——

「一輩子只要做好一件事，就是做自己。」

但從小，我心裡總有個聲音：

「我會很努力去符合你們的期待，所以……

一定要看見我……不要拋棄我。」

我的所作所為，都為了換來我在乎的人，多留意我一眼。

人要怎麼獨活、怎麼做自己？

畢竟，我們是如此的「需要他人的支持與肯定」……

在婷婷的鼓勵與肯定下，我重新開張了小鋪子，生意漸漸好轉，因為婷婷的協助，每個禮拜三，我都能接到來自國泰醫院的團購大訂單，她的護理師同事們，每次一團至少一百杯。

也許因為飲料變好喝，口碑在附近商辦大樓裡的上班族之間，口耳相傳。鄭律師是我們攤位的常客，他總是穿著西裝，再熱的夏天也至少是襯衫。肥肚將襯衫的釦子與釦子之間撐開，布料被撐開來，能看見鄭律師襯衫裡的白汗衫。

鄭律師彬彬有禮，看起來很老實，但那比我還大的罩杯，令我感到不好意思。婷婷老是開玩笑，說鄭律師喜歡我，喜歡得很明顯。婷婷說：「不然他叫助理來買就好，為什麼總是親自光顧？」

「小恩，妳考慮清楚，鄭律師很有錢。」

我不知道。我只想靠自己在這座城市扎根。其他，我沒興趣。

這天，下課後如常趕來商場擺攤，一開店，方美玲就出現在眼前。又是她。見到她，我心中一股嫉妒的感受冒了出來。

嫉妒源自於她的社群帳號，那一張張旅居各國的照片……有雪，有沙漠，有優越感。她大方坦然，輕易結交朋友……

我對她有所保留，但她卻積極的向我靠進。為什麼？

我一個月擺攤的利潤，目前最多就是十萬元，而她沒有收入，卻一個月支出十萬元出國旅遊。她輕輕鬆鬆的基本開銷，已是我拚盡全力的結果。

「我們世界完全不同，妳何必對我這般『低端人口』有興趣？」

我自嘲的說。

方美玲不理我。

我繼續準備開店。

為什麼她曾經批評過我，我卻對她格外在意？

又是為什麼？她口中的我是如此卑微難堪，她卻又要靠近我？

突然，方美玲在我的攤位上開始叫賣，她不要臉似的為我招攬生意，聚集的客人越來越多，人們開始排隊點飲料……

她的活潑自信，吸引了客人目光，就這樣忙了一整晚。直到今天的庫存都用光，沒東西賣了。

方美玲說：「原諒我了吧？」

「妳把我取消追蹤、故意迴避我，是因為我那天說錯話了吧？」

我沒回答。繼續收拾攤位。

工作結束後，我才說了一聲：「美玲，謝謝妳。」

原來方美玲這樣對我，是在向我道歉。

「別叫我美玲，我超討厭這個土名字。妳叫我大方吧。」

「大方……？」反而是這句話引起了我的共鳴，我也討厭我的名字。原來我們也有一樣的部分。

這個晚上，「大方」和「小恩」，真正開始有了交集。大方帶著我去了大佳河濱公園，她買了零食宵夜，我們坐在草地上，邊吃邊聊。原來大方也有羨慕我的部分，她說欣賞我的「努力」。

因為她是個不太努力的人，她說她沒有理由努力，出生以後一切都很好，家境好，頭腦好，不愁吃穿，考試簡單，她總是輕輕鬆鬆就獲得別人的夢寐以求：成績、朋友、金錢。

「只有妳，小恩，妳是最難交的朋友，別人都主動跟我做朋友。可是妳，就妳刻意疏遠我，所以我才特別想要為妳努力吧？」

富人家的孩子，他們沒有窮山惡水奮力一搏只求生存的衝勁；活著就是一趟走馬看花的旅遊。四處沾沾別人的人生，探探有哪些趣事。

沒有保護傘的孩子，我們的心態更務實，每一步都是成本；生存必須精打細算，不敢享樂。羨慕別人、壓抑自己，目光所至皆自卑。

方美玲詢問我的家境：「小恩，妳父母呢？」

「相處不來，沒聯絡了。」我簡單交代，並趕快迴避，轉移話題。

我問方美玲，既然妳什麼都不缺，那妳活著要追求什麼？

「體驗囉。」方美玲抽著菸，一派輕鬆說著。

「體，驗，生，命。」

她順手拿出一顆糖果，吃下，也給了我一顆糖果，我也吃下。

在這愉快的台北深夜，不知為何的放鬆，我感覺自己像是被草地包覆了，我和方美玲在草地上跳舞、狂歡、擁抱……

忘記所有煩惱般。我甚至發覺，所有的小草、小花，也隨著我們共舞、交纏。那個夏夜，我們竟然在台北大佳河濱公園的草地上，睡到日出，太陽從城市的另一頭升起……

體驗到了，原來這才叫做「大學生活」。

那個夜裡，她成了我人生的第一位朋友……

那個夜裡，像被傳送到了自由的幻境中……

那個夜裡，我突然懂了方美玲的人生觀……

壓抑自己，討好別人，這是很吃虧的，
因為你若討好不成，你沒有別人，也沒有自己。
做自己，永遠是最划算的，
因為就算你被討厭了，你至少也還有自己。

別讓脾氣和沮喪，
引導生活的發展。

因為事件本身沒有情緒，
賦予情緒的是我們看待事情的角度。

決定命運的不是某件事，
而是我們對這件事的反應。

別讓情緒，
成為你無法跨越的阻礙。

曾經，我被批評指教，我看見的是別人傷害了我；
現在，若我被攻擊了，我看見的只是「原來我們各自想法不同」。
在不同環境下成長、遇到的困境不同，際遇不同，思維就不同。

於是我不再糾結於別人的抨擊。
我仍然渴望被理解，但也接受，不理解我的人，他們就是另一個世界的人，我們之間的悲喜並不相通，我不必走心。

我只要在意那些與我悲喜相通之人。比如，方美玲。

因為方美玲的加入，我開始做大學同學的訂單，我的飲料開始在同儕間流行起來。因為婷婷的幫助，我有了更好的產品口感。因為工廠林老闆的幫助，我有低成本的原物料。因為鄭律師的支持，我有了穩定的客源。

當我轉換了思維，原本被大學同學瞧不起的自卑感，漸漸淡去；取而代之的，是我意識到我得到這樣多的幫助。

有夥伴以後，我漸漸覺得，我在這座城市，有了一個位置……曾經漂泊無歸依的負面感受減少了，謝謝有你們。

今天客人不多，我一個人顧攤，也一邊讀書。一位穿白色上衣的男生在攤位前糾纏，我一貫冷漠的拒絕社交，他卻繼續問我：「妳是先擺攤，才考上台大？還是先考上台大，才擺攤？」

我不回答。我已經預判他會歧視我「高學歷做低階層的事」。他卻提議買一杯飲料回答一個問題。我同意，賺錢是我的宗旨。

問到後來，他把整輛餐車的飲料都包下，讓計程車送回他公司，只為了能和我聊到深夜。我感覺他人不錯，也許因為他也是年紀很輕就自行開業，我們產生許多共鳴。他經營社群媒體，做人物專訪，他製作的專訪影片在社群上有百萬的觀看，公司在忠孝東路上，後來他常來店裡找我，他是黃山料。

我拒絕了山料的採訪，面對買飲料的客人已是我的障礙，上鏡頭更不可能。我以為拒絕他以後，他就不會再出現了，沒想到他依然會和我聊天。我們成了朋友。

他吸引我的地方，是他的「生活方式」，明明開了公司，卻不太待在辦公室，他經常在外閒晃，貌似無所事事，卻做了很多事。

連他的員工也是。自由的上下班，自由選擇工作地點，辦公室不是關人的籠子，只是一個開會的地方，會議結束，各自回家。

我問為什麼？他說：「好的工作成效，是奠基於你喜歡你的工作。工作不只是工作本身，還有工作環境、遇到的人、工作強度、收入能否平衡生活。」

聽山料訴說理念時，我正好過著犧牲睡眠、勞務過量的日子⋯⋯早上六點起床備料，八點兼差家教，接著上課和唸書，傍晚推著餐車到商圈擺攤，直到晚上十點，收攤整理。回到租屋處已經凌晨十二點多。快速梳洗，五小時後起床，再次循環這一切。

越是和山料聊天，不知道為什麼，越想向他靠近，也許我對於生活的困惑，能在和他相處的時光裡，找到解答？

當山料越線問我關於家人的事，我很不舒服，因為那是底線，我不聊我的過去。每次他提起，我得用力壓抑內心的波瀾。

我已經當作我沒有爸媽了。
手機每隔幾個月，會看見父母的來電，我從來不接。

我厭煩那從小不夠優秀的心魔，厭煩總要追逐哥哥的步伐；在我最需要關注的年紀，我卻承受著大人們的情緒，情緒的重量令我反感。被拋棄以後，我常想，我要怎樣才能原諒過往的一切？

而我老是浮現不好的念頭——我希望他們死掉。
如果你們都死了，那我就會釋懷了。

糟糕，背又開始痛了。
曾看了幾次醫生，醫生卻說我沒病。肌肉、骨頭、皮膚、神經都檢查了一遍，我就是沒病。但針扎般的陣痛感，揮之不去……
不能再想了。

至少和朋友們待在一起的時光，能讓我不痛。
婷婷、大方，和眼前的山料……

某天，如常收攤後，等我下班的山料在門外笑著揮手，
散步回租屋處的路上，他牽起我的手。

這是我第一次和男孩子牽手。
我說不清楚這是什麼感受？只知道，我想要向幸福更靠近一點。
想靠自己的力量，擺脫過往的黑暗。

因為一無所有，所以拚了命去抓，
擁有事業、金錢、感情、學歷、朋友，
只要什麼都擁有了，我就會幸福了，對吧。
對吧？

你可以沒有夢想，
但不能停止前進。
因為夢想不是想出來的，
而是在日常生活中探索出來的。

灰心喪志時，
可以哭，
但腳不能停。

很羨慕那些追逐夢想的同學，他們的人生有計劃、有方向。我卻沒夢想，我只是盲目的工作和存錢，盡可能一直做事，讓自己累到沒辦法思考太多，用勞碌壓抑我的迷惘。

工作不快樂、讀書考試的日子也不是我要的，但我只能前進。因為若沒方向，會意志消沉，所以我隨便訂了目標。

其實我從不知道——我嚮往的是什麼？

擺攤存了一筆錢，大學也畢業了，我即將開店，一間真正的店面，不再是一個移動式攤位。這時，護理師婷婷卻阻止了我，她說不要小看國外疫情，很有可能殃及台灣。

我看見街上人潮不斷，疫情只發生在新聞裡，在台灣生活的我們沒有「體感」。但山料也同意婷婷的想法，於是我打消念頭。

果然，新冠肺炎也在台灣擴散了，商圈變得冷清，我們沒了生意。多虧在醫院第一線工作的婷婷，對疫情特別敏銳。才讓我不至於損失更多。現在不能擺攤，失去收入來源，我感到慌張。

幸好黃山料提醒了我，一定要開始做「線上生意」。我們在外送平台上，開了一間沒有實體店的「家庭式飲料店」。省去實體店的租金成本，製作飲料的場所，就在我的租屋處。外送員會來我的租屋處取飲料，送去給消費者。

床上堆滿紙杯和杯蓋，飲料封膜機在書桌上，原先塞在彰化老家的普洱茶磚，現在塞滿我的房間。

因為民眾盡可能避免出門，外送平台訂單暴漲，我省下店租，用低成本換來大量的財富。忙到無法負荷時，方美玲主動來幫忙，她畢業後沒有找工作，花父母的錢、四處旅居。

她說幫忙是興趣，不領錢，姐妹交情勝過金錢。我過意不去，硬塞給她時薪。但她總會趁買午餐時，請我吃飯、送我小禮物，把我付出去的時薪，用別的形式還給我。

黃山料給了我建議：「小恩，妳是老闆，應該多留一點餘裕去思考這個事業體的方向，而不是埋頭苦幹。這些基層的搖飲料工作、包裝、封膜、出貨，應該讓工讀生處理。不要把自己困住。」

我很依賴山料給我的想法，因為他有創業成功的經歷，所以每一次他給我的建議，都很實用，讓我校正方向、往對的路前進。

但大方卻很排斥山料，她總是在講黃山料的壞話。她搜集了大量網路上罵黃山料的文章，要我小心黃山料

——這個人很假，靠近妳別有意圖。

我沒想太多。因為方美玲基本上排斥所有男性，她討厭黃山料，也討厭那位常客鄭律師。

最近，因為租屋處堆滿了製作飲料的器材和原料，我沒有地方睡覺，所以睡山料家，他留了床位給我睡，他自己睡沙發或地上。

網路謠言真的很可怕，大方傳來的那些網路八卦，和我認識的黃山料完全不一樣。為什麼會這樣？我不敢開口問山料。

正如我不希望別人揭開我原生家庭的瘡疤一樣……我也不會去碰觸別人的傷口。

聽從山料的建議，我聘請幾位工讀生。令我訝異的是，玩世不恭的大方，她竟是很好的管理者，她分配了每個人的工作量、和工讀生們打成一片，員工看到她總會笑，看到我卻只是「禮貌」。

我不擅長和一群工讀生相處，刻意保持安全距離，只有工作層面的關係，下班後是陌生人。幸好有大方，每當工讀生對我產生誤解，她負責調解。

我其實不喜歡我的工作，只能說「不討厭」，這是一件我能做好的事情，所以我一直做。壓低利潤、賣賣飲料、做做苦力，這一切都只為了賺錢、存錢。何況，大家那麼幫我，我沒理由停手。

其實除了現在這份職業外，我想不到其他的路，只好繼續閉著眼前進。我把隔壁戶也租下來，把家庭式飲料店的規模擴大了。

方美玲個性討喜，她鎖骨上的刺青、挑染的頭髮，獨特的爽朗性格，來打工的大學生都很喜歡方美玲，方美玲凝聚了團隊的向心力。她一如大學時期，成為小團體裡的精神指標。

但方美玲唯一的缺點是煙癮，她總在抽菸，沒有菸的時候，就是電子菸，她答應我上班不抽。幾次我抓到她想在儲藏室抽菸，而沒收了她的菸。工作場域的衛生是我最在乎的。

方美玲本性無拘無束，即使犯了幾條規定，我也不會對她生氣，畢竟，她是店裡「唯一站在我這邊的人」。

因為方美玲跟員工們很靠近，因此她經常能聽見員工對我的不滿。她也經常用溫柔的語調告訴我：

「小恩，不要怕，就算所有人都討厭妳，我也會站在妳這邊。」

和團隊工作真的很麻煩吧？

一會兒他要加薪，另一會兒他要離職，後來誰跟誰鬧矛盾了、誰不滿意工作環境、誰嫉妒誰的薪水高。在這個家庭式飲料店裡，每個人的負能量都針對我。

我從來無法拿捏好每個人對我不同的期待，無法讓每個人的願望都在同一個團體裡被實現。我真的很糟糕吧？

我是個不愛解釋的人。當人們對我有誤解，我傾向於放棄他，因為懂我的人不必解釋，不懂我的人，解釋也只會換來更多誤解。

幾次想把話說開來，但害怕衝突的我，被方美玲勸退，由她安撫想離職、想加薪、對我不滿意的員工。

我走進一個循環——被誤會了，不解釋，再誤會，再不解釋的迴圈中，我距離員工越來越遠。

其實這樣很好。

他們存在於我的生命，只是為了幫我執行業務，而他們獲得勞務報酬。純粹的利益關係，沒有其他。我不想摻有其他。

如果關係可以如此簡單，那就好了。

你沒做錯，他也沒問題，
有問題的是「不適合的人，卻硬要湊一塊」。
合適的人，不必多說，一點就通；
不適合的，多說無益，越講越錯。

黃山料很習慣「被討厭」，他告訴我——

「被討厭了，其實不一定是你有問題；
而是你身上的某個特質，對方過意不去。

他討厭你，是他自己該克服的事；
而你的事，是劃清界線，繼續做你自己。」

這幾天山料會來接我下班，方美玲看見山料總是故意視而不見，她甚至會刻意在山料來接我的時候，藉口工作事由，把我拖著，故意讓山料等待。他們天生不契合，山料也說方美玲不好相處。

方美玲不止一次要我提防山料，說「他會拋棄妳」，千萬不要跟「那種男的」在一起。但我不以為意，我認為大方只是誤信了網路謠言，與其要我相信網路上的八卦，我更願意相信真實與人相處所得到的感受。

黃山料一直以來給我很多幫助，正如每一位生命裡遇見的貴人一樣。但至於「在一起」？男女朋友？我沒想太多，暫時沒多餘心力思考這一塊，因為店裡實在太忙了。

越做越龐大的家庭飲料店，已經租下一整層公寓，添購更多設備器材。外送訂單每天從早上十點，響到晚上十點。忙到人仰馬翻時，一有人離職，我就得扛起離職員工的工作分量。工讀生缺乏穩定性，每個月都有人離開，也有新的人加入。

我一直在教育新人，教好後，他們便離開，再重新招募新的工讀生。工作很簡單，接單、製作飲料、包裝、打掃，誰都能幹。

在某個已經連續數月沒休息的夜晚，社群上有篇文章被廣傳開來，是抱怨「富二代壓榨勞工」的貼文。

我驚訝著，那說的正是我的店。

起初我第一個念頭是「方美玲壓榨誰了？」

但詳讀內文，一字一句罵的都是我，配了我在床上午睡的照片，另一張，是工讀生們在小公寓裡把飲料裝袋的背影，註解寫：

「老闆來店裡就是睡覺，醒來就壓榨我們幹活。」

「富二代老闆開店，大學生困在狹小老公寓裡當廉價勞工。」

「黑心老闆年營業額千萬，我的時薪只有一百六。」

「暴利飲料，三塊錢的成本，七十塊的價格。」

我的臉被公開在網路上……所有人都知道了我的長相。

我突然開始心悸，雙手顫抖，喘不過氣。

造謠文章出自於一位名叫「林德福」的陌生男子，他貼在爆料公社，煽動仇富情緒，透過許多激憤的網友轉發，衝高了流量……

留言串幾位陌生人留言，宣稱自己是離職的員工：

「幸好你離開了，我也是被榨乾，老闆賺超多，時薪給超少，一天賣五百杯飲料，一杯七十元，你看那女的賺多少暴利？竟然還沒幫員工保勞健保，請幫忙檢舉。」

「沒勞健保＋1。我也是曾經被她摧殘的可憐學生，一樣薪水少得可憐，這個富二代老闆就是貪婪的既得利益者，欺壓員工，自己什麼也不做，整天擺臭臉施壓我們。支持檢舉。」

「我只做了兩個星期就離職了，幸好裡面有一個刺青的姊姊，她很照顧我們，不然我可能待三天就滾了。（支持檢舉）」

「支持檢舉」、「支持檢舉」、「支持檢舉」……

多位網友留言，如連署般。

一位自稱我大學同學的人留言：

「我是她大學同學，這女的讀台大時，也是靠關係才能混到畢業證書，平時她在學校很高傲、不理人。富二代就是囂張。」

我點擊頭像，查看他們的個人檔案，這些散播謠言的人，我都不認識，林德福先生為何有我的照片？又是為什麼要煽動攻擊我？

我們「家庭式飲料店」的地址，被設了一個 Google map 地標，地標裡灌滿負面評價。

我受不了。我是一個自信心特別脆弱的人。一旦有人否定我，我的玻璃心立刻就碎裂了，陷入無限的自我否定漩渦中……

後來的好長一陣子，我的心靈特別搖擺，不敢與人視線接觸的習慣又回來了、背上的幻痛也頻頻復發，我也依然強撐著繼續營業。

現在，連外送員都會說上幾句八卦，甚至出聲指教：

「老闆我跟妳講是好意，壓榨員工就是不對，我講是為妳好。」

這種不請自來、以善意包裝的檢討，是善？還是偽善呢？

我戴著口罩和帽子，不是為了躲疫情，是怕被認出。

其他工讀生也受影響而選擇離職了。這都是我的錯，是我沒有處理好這些人際關係。打烊後，我呆坐在雜亂不堪的店裡。再一次的，所有人都離開了、丟掉了我，生命一次次驗證了我的惡夢。

那座充滿鮮花、燦爛又遼闊的世界，到底在哪裡？

我已經很努力了，傷痕累累、苟延殘喘，卻怎麼也找不到……

方美玲坐到我身旁，告訴我：「小恩，妳做得很好了，妳只是不適合管理員工，但妳已經很努力了。別怕，我會陪妳一起面對。」

方美玲讓我很感動，所有人都離我而去，只有她不離不棄。
在我最自卑、自我否定時，是方美玲用力給我肯定，重建了我。

這時，我明白了一件事……

你一定要跟會肯定你的人在一起，
跟一個打從心底覺得你很優秀的人在一起。

在你不自信的時候，他能提醒你的好，他記得你的優點。
他要真心覺得你很棒，而且願意說出來，願意讚美你。

因為人們會在被誇獎、被鼓勵的過程中，
漸漸變得有自信，而讓狀態越來越好。

日子不容易，各有各的苦，生活多數時光都在面對困境。當你因為外界的負面資訊太多，你的負面情緒快要壓垮自己的時候，如果你身邊的夥伴，不是鼓勵你，而是批評你、檢討你，那麼你真的會撐不下去。一定要遠離讓你感到自我懷疑的人。

方美玲不一樣，她和離我而去的父母、朋友，都不一樣。她說不管發生什麼事，她都會在，就算所有人都離職了，只要我們還有彼此，去哪裡都可以重新開始。

這天，深感一無所有、孤單脆弱的我，真正認定，方美玲是我最重要的夥伴。

我遇見了吧？

真正重視我、不會傷害我的夥伴……

曾經在家人之間，渴求而未得的，我在朋友間能尋找到吧？

原來我的努力，不過是為了獲得肯定，
渴望被重視、被在乎、被需要。
經歷網路霸凌，我深感人心之可怕、世間之黑暗……
那一刻，我，緊緊抱住了方美玲……

活著最好的姿態——

在一個人的生活，自得其樂；
在別人的世界裡，順其自然。

如果走入人群，日子就得被人們言語左右，我寧可獨善其身，無人問津的過日子。

我依照方美玲的建議，縮小了飲料店的規模，我們限制每天的接單量，減少了工時，換取生活的平衡，不再聘請員工，剩下我和方美玲朝夕相處。

方美玲常常安慰我，她說她很喜歡現在這樣，和我兩個人的小世界，一切很單純。因為她的安慰，讓我平靜許多。簡單即是好。

我們刻意關閉手機，不再看那些惡意評論。這天黃山料突然在上班時段來找我：「小恩，妳怎麼不接電話？風向轉了。」

有一個網友叫做「森上梅・友前」，她上傳了偷拍我的影片，影片被拍攝的時間，是當年我還一個人在商圈推飲料車、擺攤賣飲料的時候。

影片裡，我扛著一大袋跟我身型一樣龐大的茶葉，在商圈忙來忙去，嬌小的身形和大大臺的餐車形成對比，留言一面倒的替我加油：「支持老闆」這四個字被刷了一整排。

「森上梅・友前」是誰？個人檔案裡沒有照片。

她是誰？是誰偷拍了我？是誰發佈的？是誰聲援我？

如同「是誰先開始詆毀我的？」一樣，這些人，我完全不認識。

森上梅發佈的貼文，留言區貼了張照片，是我窩在餐車後的角落，坐在小凳子上準備期末考，厚厚的原文書擺在腿上。

我看見新聞媒體的小編，留言詢問「是否可以引用作成報導」。

山料點開另一篇。是醫院護理師註冊了論壇帳號，發了文章，幫我們店護航，獲得的瀏覽量，甚至高過於原本攻擊我們的文章。

是護理師婷婷。我們每個月都會贈送飲料贊助孤兒院，已經持續兩年，是當年婷婷幫我牽的線。這件事我從未告知他人。婷婷用自己的名字，公開聲援我。

我感動得上前擁抱黃山料，也回頭伸手牽起方美玲。我說：「謝謝你們在我最辛苦的時候陪伴我。」黃山料特別務實，直說最近疫情趨緩，外出人潮增加，會是開實體店的好時機。

我猶豫的、小小聲的問：「我……真的……可以嗎？」

黃山料鼓勵我：「妳最強大的能力，就是妳的執著和努力。」

「妳的努力，改變了妳自己；妳的執著，會改變命運。吸引力法則，妳相信什麼，就會成就什麼。」

方美玲卻不同意，她認為我處理不好同事間的關係。

「我不贊成妳開店，我不是要阻礙妳，小恩，我是想保護妳。」

如果我不踏出這一步，沒試過，未來我可能會後悔……

我不知道開店是不是我想要的，但機會來了，我要試試看。我說：「我在這跌倒過，但我還是想再努力看看，我還不想放棄。」

在山料的鼓勵下，我重新振作起來。我們的店，就開在當初擺攤的地點附近，熟悉的商圈。社群上的討論風潮，延續到實體店，剛開幕的這幾天，每天排隊。

做外送平台訂單，同時經營實體店。開店的成就感掩蓋了疲憊，我像是專門被設計來工作的機器人一般，開幕半年未曾休假。

不，正確來說，多年來我未曾休假。自從高中畢業離開彰化，一個人抵達台北，開始唸書、兼家教、打工，後來擺攤、線上店、家庭式飲料店、實體店，一路上我一直拚搏，不曾休假。

我不曾出國旅遊，甚至沒去過花蓮台東。金門？蘭嶼？綠島？都只是聽說。我不曾過生日，因為生日會讓我想起媽媽，她曾經說過我的誕生帶給她千百倍的痛苦。想到這裡，背又開始疼了。

有些傷痕，哀悼以後，就能若無其事，繼續生活；但也有些，你拚命跑，逃得再遠，黑暗卻如影隨形，甩不掉。

此時，人會想回頭看，渴望能修補什麼？卻於事無補，因為事實擺在那裡，過去無法改變。

我唯一能做的，就是改變看待那些事情的心態，
以前我常常想「**為什麼我這麼悲慘？**」
現在我想的是「**這些悲慘，教會我什麼？**」
從此，生活變得積極、日子不再沈溺於糾結之中。

面對職場、同學、客戶，
其實不用太多情緒。

人們不過碰巧有交集，
不必與之交心。

他們的情緒不是你的責任，
你也不必展現你的真心。

各取所需，
也保持距離。

沒人有義務承擔誰的情緒，因為成年人真的很忙，忙著提升自己、忙著向下扎根、忙著賺錢，各忙自己。

我開店後的生活更加繁忙，方美玲擔任店長，我們有了幾位正職的員工，我學會和員工保持一種「友好但仍有距離」的狀態。

從前總要依賴方美玲幫我維繫員工向心力，當時實在抱歉，他們明明是幫我做事的職員，卻把照顧他們的責任推給方美玲。

「現在不必了，大方，我已經有自己一套方式，能維持好員工的關係。大方，之前真的很謝謝妳。」

「妳很好就好。」方美玲簡短的回答。

當時我打從心底認為，她是真心的為我感到好。

這幾個月來，衛生局經常來稽查，也常有人檢舉我們店的消防安全、衛生水準、稅務違規。每個月都有無端的麻煩。

我忙到昏天暗地，再次負荷不來，只好再一次把店務全數交給方美玲管理。而我身為公司負責人，得去面對那些政府稽查不完的瑣事。這一天，為了確保消防安全，請工班協助拆掉固定在牆上的置物櫃。我幫方美玲把置物櫃裡的物品取出。

方美玲的包裡，滑出一支手機，掉落。

那不是「方美玲」的手機。

我看了一眼屏幕畫面——

「林德福收到了3則留言和2則訊息，點擊回覆」。

「林德福」我記得清楚，這個名字就是在社群上詆毀我的那位始作俑者，發了我睡覺的照片造謠的那個男人。

起初我也是不相信的。

好奇心作祟，我用我的帳號加了林德福的好友。

那支手機畫面立刻跳出：「初文恩加了您的好友」。

我以為方美玲撿到林德福的手機。但不是。因為我試著破解了手機密碼，是方美玲的身分證字號末六碼：411946。這支手機是方美玲的分身帳號。林德福詆毀我的文章，都是本尊方美玲發的。

林德福的帳號創立了七年，這七年來，像是真有其人一樣，我觀察其使用足跡，「林德福」會發布罵台大的文章、支持大麻合法化、分享婚姻平權的文章、批評某些網紅、嘲笑某些藝人……

在這個帳號裡，活著一個暗黑版的方美玲。
任何方美玲看不慣、不便言說、不想有的形象，都在此展現。

方美玲的本尊，包裝成了大大方方、正向隨和的個性女孩，
發布旅遊美照、打扮前衛、高學歷……

她把自己拆成兩半，能展現於世人的，是方美玲。
無法言說的，是林德福。

我吐了出來。
顫抖著，面紅氣喘。

用林德福詆毀我，
用方美玲拯救我。

我無法接受背叛……好噁心。

我離開了員工休息室，把一切告訴黃山料。他說他早已覺得方美玲怪怪的，但沒猜到她會這麼做。我問山料，為什麼覺得她怪？

「她對妳很好，但好過頭了，超越了朋友的好。」

「對，她真的對我很好，所以我沒想到她會在背後捅我一刀。」

「小恩，妳沒有理解我的意思。」

「什麼意思？」我問。山料意有所指，卻不說破。

「妳知道我喜歡妳，對吧？」

「不要！不要現在！」我驚訝的大喊！黃山料要對我告白嗎？我大喊：「山料，等一下！拜託不要現在告訴我。我覺得我們現在這樣很好，我也真的很忙，心力交瘁，現階段就是把工作當重心，我要賺錢，有工作、有目標，還沒辦法想這麼多……！」

「不是。妳誤會了。我知道妳有妳的狀況，妳先冷靜，我只是想說……」黃山料安撫我，於是我冷靜下來，聽他說……

「像我對妳好，但我的好是有限度的，我的生活重心也還是我自己，我不會丟了生活、把時間都建構在妳的生活之上。對吧？」

「但妳想想，方美玲她跟妳待在一起之後，她原本的生活呢？她幾乎完全放棄了。怎樣的關係，會讓一個人放棄原始生活，去陪另一個人過新的生活？」

「你想說什麼？」

「妳覺得是什麼？」

「你告訴我。」

「這是妳的課題，妳要自己想清楚。」

黃山料的暗示，我聽不太明白，卻又有點赤裸，

他好像比我還懂我自己……

那些讓你覺得很累的人際關係，
其實都是錯的。

因為對方無法理解你的想法，
思維層次不同。

當一段關係，
要你耗盡大量精力才能延續，
其實打從一開始，
就早已註定不可能走得太久。

朋友通常是怎麼開始的？

——是互相欣賞。

他身上有你羨慕的地方、有你嚮往的優點、你崇拜的人格特質，跟他在一起你覺得感覺良好、你想獲得成長、獲得一些光亮……

但久而久之，能留下來的，唯獨相處不累、坦然自在，在彼此面前，能顯露最真實的自己，沒有攀比、不需表現得很厲害……

真誠是一切。

一旦真誠不在，友誼就不存在。

我難以面對背叛我的方美玲，所以躲她躲了許多天，

直到結算每月營收的日子，不得不再次和這位「店長」碰面。

我看帳看得更仔細，因為不再信任眼前這個雙面人了。

直到帳務對完，我說：「方美玲，我都知道了。我希望妳離開。」

「知道什麼？小恩，妳是不是誤會了？」

我說：「熄滅別人的燈，妳也不會因此發光；阻礙別人的路，妳也不會跑得更快。林德福先生。」

方美玲原地沈默許久後，哼了一聲：「誰要發光啊？誰要跑得快啊？我圖這些幹什麼？我才不稀罕這些……」

「林德福先生，不管妳目的是什麼，妳都背叛了我，請妳走。」

「妳確定妳要這麼冷漠？如果不是我，妳早就倒店了。如果不是我，所有員工早就離開妳了，妳不可能經營下去。如果不是我，妳早就滾到路邊當乞丐了。所有人都討厭妳，妳沒有自覺嗎？」

方美玲大吼著對我的否定……全戳中我的致命傷。

我的背又開始幻痛了起來……

她知道我最痛是什麼，就拿最利的刀子，往最脆弱的傷口捅……

我說：「請妳明天離開，我這輩子都不想再跟妳有交集。」

方美玲卻說：「我不會離開，妳如果沒有我，妳經營不下去的。」

到底是怎樣的病態，才會一邊捅我刀，一邊不想離開我？這樣的人，比鬼還可怕。我得把她送走。我問：「妳要什麼？資遣費？條件提出來吧。妳確實曾經幫過我，妳要多少錢？我們好聚好散。」

「妳以為我要妳的破錢？笑死。妳別以為我會被打發走。」

我不再回應方美玲，我打電話求援。

「妳別想跟我切割。我不可能會走。」

我想了想黃山料那天暗示我的，我還是說了出來……

「方美玲，不好意思，我不可能喜歡妳。」

這段話似乎刺激到她：「妳以為我喜歡妳啊？我才沒有喜歡妳，我只是看妳可憐才幫妳，誰知道……妳這麼不懂感恩！！」

我沈默很久。

才又支支吾吾的說：「抱歉……我不是同……同性戀。」

方美玲真的瘋了：「妳別以為妳很厲害，我有本事讓妳被查稅、被稽查衛生、被查消防，就也有本事讓妳倒店，妳等著看！」

原來這一切都是妳在搞鬼。過往的情分，在這一刻知道真相時，都被打碎了，妳待在我身邊，假意友好，實則一直在吸血……

鄭律師跟黃山料已抵達現場。方美玲卻不肯走。

方美玲繼續詛咒我：「妳就不要後悔！所有人都會離開妳，妳的員工都很討厭妳！我要是走了，妳一定會倒店！」

對話和爭執中，我們拼湊出真相——

員工會討厭我，是方美玲居中挑撥；社群上詆毀的爆料文，是方美玲用林德福的帳號發布，再傳給已離職的員工去湊熱鬧；店裡經常被稽查，是最瞭解店務狀況的方美玲檢舉。她故意製造缺失，再檢舉自己，只為了給我阻礙……

黃山料提醒我：「不要被方美玲的話影響，她的目的就是傷害妳，她挑撥妳身邊的人，要讓所有人誤會妳、離開妳。因為只要妳沒有夥伴，妳就會更依賴她，只要妳沒有員工，妳就會更不能沒有她；妳過得不好，就會漸漸的離不開她。她在操控妳，想讓妳的世界只有她、再也離不開她。」

他們幫我把方美玲拖了出去，被拖出去的途中，方美玲大喊著：

「就是因為妳這麼爛，妳爸媽才不要妳！」

我的背又開始幻痛，一陣陣刺痛停不下來。

方美玲說的每句話，都刺在我的要害，我承受不住，蹲在地上。

卻是鄭律師伸出援手，輕輕撫摸我的頭做安撫……

鄭律師說：「沒事的，每個人家庭有各自的問題，但就算有問題，也不代表不愛……妳爸媽很愛妳，他們很愛妳，妳要相信。」

鄭律師的安慰好溫柔，但是沒人能體會我的經歷，人們都說天下沒有不愛孩子的父母，卻不知道我經歷過什麼……

我的家人像是詛咒，刻印在我的背上……

每當想起他們，詛咒就引發陣陣刺痛……尖針穿孔的痛……

我沒有資格沈浸在傷痛，我得振作起來面對……

若明天方美玲又鬧起來，怎麼辦？

我們搜查方美玲的置物櫃，我找到一顆糖果，一顆象徵我們友誼起點的糖，這是和方美玲成為好友的那晚，我們一起在河濱公園徹夜未歸，那晚她與我分享的糖。

鄭律師要我一點不漏的把方美玲的所有物都交給他，方美玲在店裡偷抽菸時，我沒收了幾根，也交給鄭律師。包括她的帽子、衣物等，都給鄭律師保管，他請我先暫停營業幾天，等他消息。

停業的時間一週週過去，我很焦慮，怕方美玲在網路上攻擊，但毫無動靜，後來鄭律師傳訊息來：「放心，可以營業了。」

大麻軟糖、大麻菸，在台灣屬於二級毒品，持有者，處兩年以下有期徒刑、拘役或新臺幣二十萬元以下罰金。

我不知道方美玲後來怎麼了。

只從鄭律師口中，聽見令人安心的一句：「處理好了。」

不必對每件事情有感覺，
不必對每個情緒有反應，
你的時間不多、溫柔有限，
留一分，給必要的人，
其餘九分，留給自己。

店裡平靜的營業了好一陣子。封鎖父母的聯絡方式，讓我狀態漸漸好起來。後來，為了徹底斷乾淨，以鞏固心靈的平靜，我特意找了其他茶葉供應商。因此，我們許久沒回彰化老家拿茶葉了。

有時我會想，不知道父母是否也像我一樣，曾經回去過？如果父母知道我存了許多錢、從知名大學畢業了、有自己的事業、有朋友、在異鄉有了發展……等等。他們是否會開始認可我？

但我不該這麼想，我應該克制自己總想「證明自己」的壞習慣，他們都是與我無關的人了，我不能再被思想制約……

因為我的人生是我的，我的努力是為了我自己，努力不是為了成為別人想要的樣子，努力是為了找到自己喜歡的樣子……

如今我最討厭過生日，因為我總是期待我在乎的人，他們會主動為我過生日，在我隻字不提的情況下，會記得我、在乎我。

但生日卻證明了「我的在乎不曾換來相等的在乎」，生日淪為一個期待總會落空的日子。

第二討厭的日子，就是今天，母親節。一個再與我無關的日子，唯一與我有關的，就是推出母親節飲料買一送一活動，促進消費。唯有賺錢，才能抵銷我心裡的憂慮。

活動當天，才剛開店，排隊人潮眾多，遠方人群裡，牆邊一隅，我看見了一個熟悉的身影，是她。那個女人。我的媽媽。

不過是遠遠一秒的瞥見，我的背又開始幻痛。她當年對我說的：

「如果當初沒有生妳，我現在的生活不會這樣子。」

這片段竟然記憶猶新的一瞬間在腦海裡被殘忍的攤開。當年被劃上的傷痕，表面癒合的皮肉底下，多年後仍在流膿……

她那不是氣話，更不是喪氣話，那是真心話。
我的存在，帶給我在乎的人後悔與困擾。

被針刺的記憶……
被拋棄的陰影……
努力追趕卻不被肯定的痛苦……
我的自卑……
我的黑暗期……
我孤單的生日……
回家以後空無一人的恐懼……
老是消失無蹤的父親……
躁鬱症的母親……
因我詛咒而死亡的哥哥……
那張他們暢談生活而我如局外人般插不上話的晚餐餐桌……
這些心魔，一瞬間籠罩了我……

我忍痛蹲在地上，但她那蒼老憔悴的模樣，在我腦海揮之不去，為什麼變得又老又醜！為什麼活得這麼狼狽！我不知何故的發怒！都告訴過你們「不要再見面了」，為什麼又出現！

又是那件貼滿水鑽的藍色連衣裙，她在這裡做什麼？她怎麼知道我在這裡？我渾身冷汗，站了起來。她卻已消失在人群裡。

那一刻，我下意識的衝了出去……她去哪裡了？

我不知道為什麼想要找到她？我完全不理解自己。

我就算找到她，然後呢？

罵她一頓？

叫她滾出我的世界？

還是冰冷的假裝不認識？

怎樣才能傷她最深？

拿刀刺死她？

怎樣才能讓我好過一些？

我找遍了商圈每一條街，找不到她。

找不到。直到傍晚，也找不到。

七年未見，突然不請自來的現身，再毫無預警的消失，憑什麼？

憑什麼當年也是不告而別，七年後的現在又這樣對我！

她的手機關機，他們的手機都關機。

傳了訊息罵她一頓，訊息傳了，卻未顯示送達。

就算罵了，我也沒有比較好過……

我的雙手顫抖了一整天，心悸了一整天……

怒氣、焦慮、忿忿不平！

這個夜晚，我徹夜未眠……

而在此用力敲擊鍵盤敲出這篇網誌。

我找不到他們。找人詢問？

但我不認識父母的朋友，我們甚至沒有親戚，初姓宗族人丁稀少，爺爺奶奶過世，哥哥也過世，剩下父母與我。沒有線索，我無從探問。或是，彰化老家？我不確定他們是否在那，但我必須去一趟。

多年累積的深惡痛絕，我的忐忑難以消停……

倘若找到他們，我不確定對他們恨之入骨的我會做出什麼……

但，七年來我一個人拚死拚活、發瘋似的賺錢，

我正是為了現在……

我要告訴他們：

「我計算了那十八年來你們養育我的費用，大約是兩百萬元。我準備好了，這筆錢還給你們，我不再欠你們了，你們花錢養育我，我也盡了還錢的義務，從此，我們不再聯絡。」

我永遠不會原諒。

因為當你們心想沒有我，你們會過得更好，而選擇丟下我的那一瞬間，那一刻的背叛，一輩子都不值得我原諒。

但這輩子，我不要再困在被拋棄的陰霾裡掙扎。

我要親自矯正這一切，矯正我的人生

——不是我被拋棄，而應該是「我不要你們」！

第三章

相愛的人，會互相治癒

人最重要的能力，
是悲傷時不忘快樂，
在谷底也望向天空。

我徹夜看完小恩網誌，回到台北住處已經清晨。

我想著，小恩的青春年少，沒有一個引路人教她該怎麼活？沒人向她分享生活的意義？生命是什麼？無人引導她發現自己喜歡什麼、該往哪走？

她的生活重心，就是互相攀比、嫉妒、自卑、追逐肯定……太想要被關愛的眼神，也深怕被拒絕，而不敢讓人知道她想要。

想著想著，我睡著了。

不知隔了多久，半夢半醒，被手機震動聲吵醒，看小恩手機的通話紀錄，顯示有幾十通未接來電，來自一串通訊錄裡沒儲存的號碼，接通後，對方竟是小恩，小恩從案發現場帶走她媽的手機。

「黃山料？怎麼是你？」電話另一頭的小恩也一樣錯愕。

我向小恩解釋了一切，包括我意外撿到她手機、翻看她的祕密網誌、見到她媽媽遺體、被帶去警局做筆錄，還有，最重要的……我終於問出口——「是妳做的嗎？」

「做什麼？」小恩沒有否認，而是完全聽不懂我的提問。連被懷疑了都不知道？所以她是無辜的？

但網誌裡所寫的那些，媽媽曾經對著小恩尖叫，大喊「殺死我」，她們之間的矛盾、爭執、記恨、網誌裡的敘述……文字所呈現的畫面，那樣的恨意，是血淋淋的真實……不是小恩做的嗎？真的不是嗎？

「小恩我會相信妳。所以妳告訴我……妳說實話……放心說實話吧……妳媽媽過世，是不是妳做的？」

小恩沈默不語。

我循循善誘：「只要妳願意說，我就願意相信。」

「不是。我去的時候她就已經死了。」

「好，我相信妳。」

「是自殺。」小恩說她媽是自殺。

連警察都尚未判斷死因，為什麼小恩可以？

小恩說：「我沒有爸爸的電話號碼，所以才拿了媽媽手機聯絡我爸，但電話都打不通，未開機。後來我在媽媽手機裡到處查，看見媽媽跟爸爸的訊息對話紀錄……然後……」

「我……我……」小恩支支吾吾，說不出口。

「小恩，妳在哪裡？我去找妳。」

「國泰醫院。」

我趕到醫院，小恩呆呆坐在長椅上……

她平靜的，雙眼無神的向我訴說……

「媽媽真的死了之後，我才發現我不是真的想要媽媽死……」

「我只是不喜歡被隨隨便便扔下、恨透了被拋棄的感覺……」

「我常常想，如果媽媽死了，我會好過一點……」

「我真的這麼想……」

「她如果因為意外身亡，才不得不離開我，那我會好受一點。」

「我想過好幾次，她如果是意外死了，而不是故意拋棄我……」

「我就會釋懷這一切……」

「可是自殺也是離開我，他們怎麼可以都不要我……」
「怎麼可以用自己的意識，主動做了不要我的決定……」
「從以前飯桌上，他們都比較關心哥哥，從小我就被忽略……」
「從小爸爸就只會隨身攜帶哥哥去化工廠，我從來沒去過……」
「從小，從小，從小，就是偏心的……」
「我討厭他們，但我看了他們訊息裡的對話……我卻放不下。」
「明明恨……卻為什麼會又忍不住想在乎這些爛事。」
「我好像有點生氣，氣為什麼媽媽從來沒有照顧好自己……」
「但我最氣的，是初仁雄那個爛人……」
小恩說完。
給我看了媽媽手機裡，媽媽和爸爸的對話紀錄。

訊息傳送時間，已是幾個月前。
那是訊息記錄裡，他們夫妻的最後一次訊息對話。
看來，他們夫妻倆已經許久沒聯絡了。

訊息裡，這位女人，小恩的媽媽，她給老公發了訊息

——**老公，我還在醫院排隊，來不及回彰化，晚餐你能自理嗎**

小恩的爸爸回覆了

——**嗯，好**

訊息時間間隔一小時，
下一條訊息，也是爸爸

——**不然咱們別治了**

小恩媽媽只回了一個「委屈的表情符號」，嘟著嘴，皺著眉……

爸爸沒回覆了。

下一條訊息間隔了幾小時，還是媽媽——「**嗯嗯**」。

爸爸才再次回覆

——妳末期，治不好，妳都知道。

——住院要錢……化療要錢……存活率低……

——治好了也可能癌細胞繼續轉移，治了這裡、壞了那裡……

——治了也好不了，最怕到時人財兩空。

——名下土地沒剩多少，賣了之後的錢也已有規劃……

——妳懂？ok？

面對老公的務實，小恩媽媽只回覆了一個貼圖……

一個「乖乖點頭的表情貼圖」。

小恩媽媽用一個表情貼圖，宣告了死亡，結束了自己的一生。

殺死小恩媽媽的罪魁禍首，不是小恩……

而是出了問題的夫妻關係，是爸爸……或是媽媽自己的不自愛。

看了令我好喪氣。

盲目的愛、無底線的成全，換來的是什麼呢？

我抬起頭，發現小恩是怒氣。

小恩咒罵：「智障，白痴，無腦女。活著是奴隸，臨死前也是。」

這是我第一次看見小恩生氣，第一次聽見她髒話連篇……

她責怪著媽媽那徹頭徹尾的糊塗，責怪她為愛而做的無謂犧牲；

她恨透了爸爸的自私！恨透了背叛與出軌！

以前對婚姻不忠、棄家庭不顧、讓媽媽苦苦守候，把媽媽逼瘋！

現在……！連媽媽生命的最後一刻……也被剝奪！

小恩恨透了她爸爸：「初仁雄這個爛人！」

她甚至不再稱呼他為爸爸，而是直呼本名初仁雄。

但我提了一個疑惑：「爸爸呢？妳在這裡等他嗎？」

小恩說：「我在媽媽的訊息紀錄裡，還看見一個人，你猜是誰？」

「誰？」

「我在這裡等她下班，要她親口交代清楚。」

值得你愛的人，
絕對不是當你拚命溝通，
卻不斷誤解你的人。
更不是「強加他的觀念」在你身上的人。

走廊遠方有個人影，從暗處往我們漸漸靠近，一步步漸漸現身，值完夜班的護理師婷婷走了出來。是那位經常團購飲料的婷婷。

她若無其事問了小恩有什麼急事？小恩卻叫她「不要再裝了」。婷婷故做鎮定的表示上完大夜班很累要先離開。

她看起來像在迴避什麼。

小恩逼問，我媽跟妳經常通電話，妳們都聊什麼？為什麼妳認識她，卻從來沒有對我說？我媽媽怎麼了？

婷婷不願多說，一直往前走，她想要離開。並警告我們若再糾纏，她會喊警衛或報警。

我很錯愕。平時充滿善意、禮貌且客套的護理師婷婷，為什麼變得冷漠？曾經她還帶小恩一起贊助孤兒院、幫小恩試喝飲料、在網上發文幫小恩說話。認識多年，卻卸下假面，說變就變。

她們倆拉拉扯扯，小恩的歇斯底里像遺傳了她媽媽的情緒化基因，瘋狂叫鬧，因為她深感被婷婷背叛。婷婷卻辯稱：「我沒有騙妳，我只是選擇不說。」但對小恩而言，隱瞞正是一種背叛。

「媽媽會死是妳害的，還有初仁雄那個爛人，你們都一樣爛！」一向沈默的小恩在一連串的壓力襲來之下，也變得惡言相向。

小恩猛力的情緒勒索，吼叫聲引來周圍人潮的圍觀注目，這是婷的工作場所，同事們都看見了，他們湊熱鬧，閒言閒語。被逼到極限的小恩，已丟掉自己最重視的面子，在眾人面前喊著：「這個護士害死我媽媽，她害死我媽！」婷婷不斷環顧周圍眼光，像是做了虧心事一般，她知道小恩的鬧，會影響她的職場形象。

小恩也大喊：「黃山料你幫我！快點！」我嚇一跳，被這樣一喊，好尷尬，萬一旁邊有我的讀者，拍照或錄影上傳到社群就慘了。

於是我趕緊在一旁勸說：「婷婷，妳坦白才是明智的，畢竟再吵下去，如果院方徹查，即使妳沒犯罪，也會被貼上醫療糾紛的標籤，在同事之間也會有流言八卦，妳會很困擾，不如現在好好講清楚，小恩個性妳也知道，她理解後就會離開。」警衛這時出手制止，但沒用，小恩叫得更大聲。婷婷才被迫坦白這一切。

婷婷終於撕開了口——

「失去求生意志，吃什麼藥都效果有限。離開，至少不痛了。」

小恩也一秒變得冷靜。因為情緒轉變太快，我才看出破綻，原來小恩的鬧事是演的，她故意丟人現眼的吼叫，引來圍觀，想逼婷婷說出真相。她這幾年的鍛鍊有成，正如她網誌中提到她曾經不要臉的去向林廠長殺價一樣，心計啊。

在醫院的一角，我們聽著婷婷說……

「鼻咽癌要在早期被診斷出來，並不容易，因為它的症狀沒有特殊性，因此大多數病人被診斷出來，都已經惡化到三、四期了。」

「秀玉阿姨很辛苦，她定期服藥，穩定躁鬱症病情之外，她這幾年同時很積極治療鼻咽癌，在經過二階段治療後，她康復了。」

「因為鼻咽癌不是絕症，是一種可以控制、可以治癒的癌症；即使像她這樣已經晚期，也還有30%的存活率。一般而言，鼻咽癌對化療的敏感度還不錯。」

「但是……通常鼻咽癌這類病患，多半將來仍然會復發。」

「大約是今年初，她再次被檢測出來。」

「妳看到秀玉阿姨跟我年初通的電話，就是因為她來領藥，但醫院人潮多，我特別安排她插隊。秀玉阿姨只要化療後定期服藥，都還算可以正常生活。」

小恩說：「媽媽有那麼高的存活率，再繼續治療明明有機會……」

「都是初仁雄那個爛父親、爛老公、爛男人，都是他！都是他！都是他！兇手。他剝奪了媽媽最後的生存權。他只會躲，從小就這樣，遇到爭執就躲，家裡氣氛不好，就逃跑離開，消失幾天，跟媽媽有衝突，就冷處理……現在也一樣……」

如果不是小恩爸爸訊息裡的教唆，如果小恩爸沒有讓小恩媽的希望灰飛煙滅，小恩媽媽還能繼續治療，不至於絕望自裁。

小恩用媽媽手機重複撥打她爸的電話，卻始終是未開機。她憤怒的不斷重複著無用的撥打。

婷婷叫小恩別再打了。

「妳別打了，仁雄哥不會接。」

婷婷隨即叫了一輛 Uber，我們上車。

車內安靜無聲，直到抵達目的地。

小恩在這座墳墓前呆呆看著……

時間不知過了多久，原本清晨的陽光消失了，烏雲擱下陰影，天空烏雲密佈，灰得像哭過，小恩卻哭笑不得……

我想著小恩的童年，那失溫的家庭……

我看著小恩，小恩看著墓碑……

後來，她用力踹上一腳。

小恩是真想把那座墳墓刨開，對他刨根問底一番。

但她最想打電話咒罵一頓的人，早已經無法接電話了。

想問的問題，都沒機會問了……

「為什麼你總是消失不見？」
「為什麼對我這麼冷漠？」
「為什麼你對我不聞不問？」
都沒機會問了……都沒有答案了……

小恩踹著那塊墓碑，踹呀踹，嘴上小聲碎念著：「就只會躲……」

消失，是最不負責任的行為呢……
那個擅長冷暴力和逃跑的人，
一路逃，逃，逃，最後逃進墳墓裡了。

呵呵。
我們，又能拿這樣的人怎麼辦呢？

要恨還是同情呢？要釋懷還是難過呢？要記仇還是原諒呢？
欲哭無淚，也哭笑不得。

壞事接二連三，
你也要相信，
只要繼續走，
終會等到，
陽光刺破黑暗，
迎來希望之光。

一個冷暴力的人，有誤會卻不溝通，遇到問題只會躲，發生爭執就逃跑。他在妳心上打了個結，讓妳糾結痛苦好幾年，他總是丟下問題，最後一走了之，晾著小恩待在原地不知所措。

小恩只能於事無補的問：「怎麼死的？」

婷婷卻替小恩爸爸說好話：

「小恩，我只能說，身為女兒，妳真的不夠認識妳爸。」

她這句話很冒犯，我也捏把冷汗。

婷婷接著說：「你們一家人有自己的狀況，我知道。但我認為，他可能曾經不是一個夠好的父親，不是一個足夠負責任的老公，他卻也用他自己的方法為你們這一家人努力過了。」

我們從談話中才了解了故事的一部分……

醫生表示罹癌的原因不明。只能猜測「夫妻雙雙罹癌」，很可能是共同的生活環境出了問題。難以釐清確切原因，但極有可能是因為那座「化工廠」，因為小恩爸媽經年累月，幾十年長期在化工廠工作、接觸化學物品、吸收高濃度揮發物。

就是那座把小恩養大的化工廠，導致爸媽接連罹癌。

原來小恩的爸爸也得了癌症，比媽媽的狀況還要嚴重，他比媽媽還要早的先放棄了治療。媽媽回台北的醫院拿藥那一天，爸爸早已經病入膏肓，放棄治療，回到彰化老家。吃止痛藥時，還能起床緩步走走；沒吃時，就只能在床上蜷縮。

所以媽媽才特別傳訊息問爸爸：「今天晚餐你能自理嗎？」因為她知道爸爸行動困難了。

而小恩自以為是的，因為自己小時候對爸爸的偏見……

而主觀認定媽媽又在充當爸爸的奴隸……

我也一樣，因為能體會小恩在原生家庭裡的辛苦與無助，

而把她爸爸貼上了刻薄寡恩的標籤……

爸爸給媽媽的訊息有說：「妳末期，治不好，妳都知道。」

因為媽媽曾陪伴爸爸經歷了多年的癌症治療，最終失敗。

爸爸訊息裡還說：「住院要錢……化療要錢……存活率低……」

那是因為爸爸曾經治好了，又復發，復發後，癌細胞又轉移。

「治好了也可能癌細胞繼續轉移，治了這裡、壞了那裡……」

因為小恩爸爸一開始只是鼻咽癌，五年存活率60%，他克服了。

但幾年下來，陸續轉移到肝臟、淋巴、肺、大腦……

癌細胞去肝臟時，做了放射線治療，癌細胞卻又跑去淋巴和肺。不管是多痛苦的療程，小恩爸爸都承受了，但癌細胞沒被消滅。

爸給媽的訊息也寫到：「治了也好不了，最怕到時人財兩空。」原來是爸爸曾積極配合醫生治療，半年後癌細胞卻又再一次轉移到腦。醫生雖然沒有宣判小恩爸爸死刑，但也婉轉的告知「痊癒的機會不高了」，這下子，存活率可能連1％也不到了。

因為他們經歷過我們不曾理解的痛苦，所以才會有所決定。

這時，小恩的手機響起，是鄭律師，

那位經常來買飲料的律師，婷婷曾說暗戀小恩的那位鄭律師。

我們才明白，下一句小恩爸爸傳給媽媽的訊息是什麼意思……

爸爸訊息寫：「名下土地沒剩多少，賣了之後的錢也已有規劃。」

鄭律師說父母放棄治療，是為了停損，

為了把剩餘資產盡可能留給小恩，而不至於繼續浪費。

他們沒有希望了，至少，把多一點希望留給下一代吧。

原來爸爸也得了癌症，為了把剩餘財產留給小恩，所以比媽媽更早的選擇了放棄治療，而媽媽也跟著爸爸的步伐，選擇離世。

不再聯繫，不是不愛，而是我們明白，
不再相見，沒有傷害，已是最好的愛。

親愛女兒，文恩，不知您是否會看到
此信請鄭律務必轉交文恩，感謝

寫信時，心情平靜，可能藥有用，但可能突然沒用
老伴仁雄過世前，我早決定好，他一走我會跟上
但下葬完還是有掛念，擔心文恩您是否安好
做媽媽的心裡愧疚，不知怎與您互動，以前的事放不下
老是跟您道歉，對不起，媽媽傷害了您，真傷害了，對不起
做媽媽做得失敗，還說了不應該的話，抱歉當時不該這麼說
說後悔生育您，說完媽媽也後悔

您拒接電話，說不再見面，您父親也要我尊重您，勿再打擾
但為人母親，實在掛念，放心不下，因此仍去探望
見外頭大排長龍，想對您說，文恩是媽媽的驕傲
冒然出現恐怕給您困擾，所以遠遠看，便足矣
都要走的人，還見面徒生是非，多不好

媽媽真愧疚，把您生成這樣，以前知道您與眾不同，難免擔憂
也懊悔以前因病犯糊塗，生病也不該傷害您
小小針孔密密麻麻，您一輩子恨媽媽，不求您原諒
死後成魂魄，亦會懺悔此生過錯

這幾年躁鬱症病根有藥物壓制，與老伴仁雄相伴，心境穩定
症狀鮮少發作，近乎痊癒，但我定是造孽過多，業力引爆
不幸罹癌，鼻咽癌治好，復發頑疾難癒

因親眼見過老伴仁雄多年治療，過程辛苦，不想經歷相同
躺在床上，活也不是，死也不是
造成他人麻煩，不如有尊嚴的離去，老天懲罰，要接受
文恩辛苦，做媽媽的也也苦艹艹古
亏、丿欠晶，殺畾屮木、礻虧欠够
女口果沒有，生下你心，王見在的我不會这夐卩

冫映辶礻葱隼，相心言兑扌包兼欠
此生木目遇是礻一口田氣珍忄昔
孬中，冋對不起線䒑，抱口欠米艹氍歉
对不走巳，當日寺不言亥辶言麻幺言兑

小恩媽媽的遺書只寫到這裡，沒有完整結尾……

因為後面的字漸漸難以辨識了，只剩難以參照的隻字片語。

看得出媽媽很努力的在精神病發作前，寫下給小恩的悔過

——「抱歉，當時媽媽不該那麼說」

是在為那句話道歉吧？

「如果沒有生下妳，現在的我不會這樣。」

網誌裡，那句傷害小恩最深的話，媽媽都知道。

信中突兀的「您」，有一種不知如何再與女兒互動的尷尬感……小恩媽媽很努力，那詭異的客套，是想彌補、想尊重小恩……

寫到後面胡言亂語，字跡難以辨識，整封信被捏得皺皺爛爛，鄭律師說信是在垃圾桶撿到，但因為前兩行寫著務必交給小恩，所以他主動將信留下。看來媽媽最後還是發作了。

鄭律師說媽媽在爸爸過世後，精神狀態變得恍恍惚惚，服藥後也狀態不佳，但堅持不可以跟小恩碰面，因為那是爸爸生前和媽媽約定好的共識——各自安好，互不打擾。

怎麼跟我在小恩網誌裡得知的爸爸「形象不一樣」？

鄭律師口中的小恩爸，卻是另一種形象，他口中的那位爸爸說：

「家人之間，要為彼此添上幸福，不是添上困擾……

如果見面了，只是徒增困擾，在對方平靜的生活扎刺兒……

那麼永遠不見，就是最好的祝福。」

互相為彼此操心，真的很辛苦對吧？最好的狀況，是每個人都為自己負責，都只承擔自己，各自照顧好自己的生命，不要給彼此帶來麻煩。小恩的爸媽在生命的最後，互相承擔彼此，唯獨不希望成為小恩的負擔。

不適合的人，就好好放下，離開是為了善待彼此

而不是硬要在一起，卻製造更多傷害。

不再聯繫，不是不愛，而是我們明白，

不再相見，沒有傷害，已是最好的愛。

痛苦不該被比較，
因為你永遠不知道，
你的雲淡風輕，
也許已是他的深淵谷底。

相同的悲劇，
人人體會不同，
每個人的真實感受，
都該獲得尊重。

婷婷說小恩愧對父母，說小恩冷血。

她說她在醫院工作十幾年，見過那樣多生離死別，卻是生平第一次看到有孩子得知父母雙亡的時候，可以一滴眼淚也沒掉。

我想起小恩網誌裡寫的，她在哥哥的喪禮，把臉埋在喪服裡，怕大家看見她在笑。因為她不知道哭是什麼，被針刑時也從未落淚。會難過，會落寞，會失望，會受傷，會留疤，卻不曾哭過。

她說若小恩不是初仁雄的女兒，她根本不屑坐在這裡跟小恩說話。她說小恩受了一點不算什麼的傷，就對父母置之不理……

「小恩，妳那不算什麼。小孩子受了點傷都像天塌下來，為了這一點狀況就斷絕關係，但妳父母到生命的最後都還在替妳著想，妳卻自我沈溺在無關痛癢的小事。」

小恩只說了：「妳不懂。」

又有誰會理解呢？無人能感同身受小恩的悲傷。

婷婷說：「我怎麼會不懂？我和妳一樣辛苦，甚至比妳辛苦，我現在甚至還在幫家裡還債，妳……」

我及時打斷了婷婷，我說：「痛苦是不該被比較的，妳不該輕易去淡化別人的痛苦，妳不該跟痛苦的人說，妳的不算痛，因為我的比較痛，就算妳經歷過類似的事，也不行。」

「因為每個人感受不同、體會不同，痛苦的大小應該取決於當事人，每個人有自己的獨特性，所能承受的痛苦也不相同。小恩當時年幼的身心靈，已經承受到她當下的極限值了。哪怕無數人比她慘、比她疼，但她的痛苦也依然真實存在。」

「所以，每個人的真實感受，都該被尊重。即使父母已經試圖彌補，該痛的也一樣痛過，碎掉的心黏起來也仍然有裂痕。」

我相信，即使再一次選擇，當下的小恩也依然會選擇不再聯繫，小恩已經在那個當下，做了當下的自己能力範圍內最好的決定。

婷婷的情緒冷靜後，我們開始拼湊完整的故事

——小恩和爸媽分道揚鑣的那些年，爸媽究竟發生了什麼事？

他們錯過彼此的那些年，小恩被拋棄的那七年，

那被偷走的七年間……究竟錯過了什麼？

婷婷說：「仁雄哥真的人緣很好，樂觀、大方，第一次見到得癌症還能一直開玩笑的病患。幾乎去他病房的護理師都會跟他聊得很開心，當然，他只跟女護理師聊天。我們只要被分配到他的病

房，都會被他逗笑，大家都很喜歡他，就是一個風流大叔。他老是開玩笑說要在我們之中挑一位娶，等他死了剛好繼承財產。」

婷婷說著她和小恩爸的認識過程，其實初衷別有意圖……

「大家都覺得仁雄哥在開玩笑，但我家裡有負債，所以一開始我確實抱著那樣的心態靠近他，我們是這樣開始漸漸熟識的……」

而律師事務所裡，鄭律師出示小恩爸爸留下來的股票、定存、地契、房契、銀行現金餘額、那封捏爛的亂碼信、一個雲端硬碟、一箱遺物。

隨著婷婷的坦白，鄭律師的補充，小恩的家庭記憶……

我們終於將故事完整拼湊起來……

我可能錯了，我們可能錯了，
那些愛恨難分的記憶，我們可能都錯了……

原來相愛的人們，各自面對著各自難以承受的苦，而互不理解；
原來相愛的人們，各自撐起自己那塌下來的天空，而難以負荷。
每一個人，都自顧不暇，而無法兼顧彼此……

那年，化學工廠剛爆炸……
那年，哥哥剛過世……
那年，爸爸整天醉醺醺的回家……
那年，媽媽開始冬眠……
那年，爸爸經常消失無蹤……
那年，媽媽被抓去精神病院……
那年，小恩被獨自扔在家裡……

後來，小恩和父母斷絕聯繫，自力更生……
後來，彼此被偷走的那七年，錯過好多……

那些年的故事，此刻，終於才有了真正完整的答案。
最後一次，在這故事的結尾——故事，必須從頭說起。

終　章

封存所有情緒，好好生活

生活不容易，
人人有各自辛苦，各自難處，
願能各自安好，不添麻煩，
有餘力時，互相關心、探望一眼，
那麼，便是最好的愛了。

哥哥回家鄉準備繼承爸媽的化工廠，爸爸隨身攜帶哥哥，同進同出，早出晚歸，只為了確保哥哥能順利接手化工廠所有業務。

原來，錢怎麼賺都不夠，是因為爸媽覺得我喜歡讀書，想把我送出國去唸大學，有更好的教育、更好的環境。

我嫉妒哥哥擁有爸媽的最多關愛，因為爸爸成天待在化工廠，並且禁止我進入。只禁止我，哥哥卻可以隨行，因此我嫉妒著。

現在我才明白，對我的禁止，是出於擔心。

原來爸爸正是知道化工廠對健康有高風險，才不讓我靠近。

於是我成為一家四口中，唯一沒受到化工廠職業傷害的人。

他認為男孩子該繼承家業，兒子必須扛下家庭經濟重擔。

於此同時，把我隔絕在外，也是另一種疼愛，

一種捨不得我承受風險的疼愛……

只是當時，我不能理解，我以為陪伴是愛的唯一詮釋，卻不曉得，其實愛有每個人不同的詮釋方式，依照個人性格、現實條件而定。只是我們缺乏發現、缺乏體諒……

哥哥接班工廠，傷身體、高風險，爸媽也實在心疼，才多加關照。我卻只要安分讀書，享受父母為我攢下的資源……

媽媽當時還沒有躁鬱症，總是說「男孩子要分擔家業，女兒只要保重身體」原來是關心的意思，但在那個年紀的我，善妒也愛比較、帶有偏見，於是將其理解成「對我沒有期待、重男輕女」。

爸爸有兩張面孔——

一張特別嚴格，一張愛開玩笑。

嚴格是對孩子的成績、教育、事業的決斷，

當面對情感交流的不自在時，用玩笑帶過。

哥哥承受著爸爸的嚴格，我也渴望獲得爸爸的肯定，而不斷唸書，想超越哥哥。但我想獲得肯定的那份期望，總會失望，於是我漸漸疏遠了爸爸，不再與他對話。

爸爸老是開白目的玩笑說要把我送去「那個最貴的哈佛」，原來那不只是玩笑，他真的覺得我做得到，所以一直在為我存錢……

明明錢已經夠生活，卻還繼續賺，因為若送出國，那開銷巨大。爸媽攢錢是為了讓我有更好的生活，爸爸也肯定著我的成績……

可是當時的我，幼稚的詛咒這一切……

詛咒工廠爆炸……詛咒哥哥消失不見……

於是工廠消失了，哥哥也消失了，家庭破碎了。

爸爸花天酒地的應酬，色心不改是真的，去酒店應酬是真的，媽媽允准也是真的，因為即使爸爸流連在外，也會在時限內返家。

媽媽理解，那些應酬多數是和工廠同業、客戶，因此媽媽包容了此事。即使他們的聚會場所，是陪酒小姐會主動黏上來的場所。

但工廠爆炸後，爸爸常醉醺醺的幾天沒回家，卻非沈溺酒局逃避現實，而是去和朋友弟兄們借錢、向業主喝酒賠罪、向員工道歉、向討債人協商、向債主們搏感情，向合作廠商收拾善後……

但他當時，都沒有告訴我們。

媽媽因為失去兒子，籌辦完喪禮後，已經癱在床上抑鬱了，所以爸爸不想給媽媽再添上更多的負擔，而獨自扛起所有收拾災後殘局的善後責任。爸爸是悄悄扛下一切，默不吭聲……

我的生活其實改變最小，我依然繼續讀書，準備考試，不像他們的生活，是那樣的巨變。然而，我卻怨言最多……

我只自以為是的，認為「我的模擬考成績能考上台大」卻沒人讚美我、沒人替我高興，認為他們不夠在乎我。而我卻沒有足夠同理心，理解爸媽也忙於扛起自己的痛苦……

我只看見那張曾經一起吃晚餐的餐桌，我們不再聚在一起吃飯，而沒能力看見那無法一起吃飯的父母，他們正熬著怎樣的困苦。

當年，我們都各自承受自己範圍內的苦，而沒有餘力幫忙彼此。原來，那樣的悲劇下，光是能把自己顧好，不給他人添麻煩，就是對彼此最大的愛了……

面對關係的破裂，
既然試過以後彼此都不愉快，
那麼不勉強就是最好的選擇。

不必追，不必問。
成年人面對關係結束時，最後的溫柔，
就是安靜的從彼此世界消失不見，
請允許關係自然的結束，悄然疏離。

當年，我生日那天，媽媽要我打給爸爸，爸爸沒接。當時，他正在醫院進行治療。父親節也沒有回來，並非在外面有了新家庭，而是獨自躺在冰冷的手術台，也承受一連串針對鼻咽癌的化療。

不太訴說心事的他，從不表達自己，更何況是這樣的苦衷；於是，關於生病，他同樣沒有告訴我，也沒讓媽媽知道。

因為他始終認為，家人之間，不要互相攀扯，要互相祝福。不給彼此添麻煩，還有能力，就自己處理好。

爸爸後來回家，總在故作樂觀。戴著奇怪的年輕人潮帽，是要遮醜，遮住化療後頭髮變少的醜態。爸爸那陣子刻意表現正能量，說著那些勵志語錄：「關關難過，關關過；平日積善，順其自然，自有福報；過去的就過去了……」

這些勵志語錄，原來都是在激勵自己、讓自己正向，想辦法讓自己在面對事業破滅、身體堪憂的情況下，還能好好活著。

其實，爸爸一直想和我對話……
只是我的自傲和偏見，總是把他推開。

那時，爸爸戒了酒、戒了菸，改成喝茶、喝普洱。
原來是因為生病了。

但我只察覺了自己心裡的痛……
卻不曾察覺爸爸承受了怎樣的身體疼痛……

後來媽媽躁鬱症發作，發狂亂購物，爸爸把媽媽送去醫院，媽媽獨自接受精神治療，爸爸獨自承受肉體治療，兩人都病了。
而我忙於面對升學考試，置身事外。

那天凌晨回家，和媽媽吵了架，媽媽大吼著要我殺死她，

「殺死我！殺死我！殺死我！我會去死！不會造成你們困擾！」

其實她心裡的聲音，是恐懼，害怕自己成為這個家的拖油瓶……

我卻對媽媽說：「妳怎麼會想把自己的小孩變成殺人犯？如果妳真的不想造成別人的困擾，想死，也應該自己處理。」

也許，正因為我當年，曾說的這段話，而在媽媽心上打了結，害媽媽如今真的自己處理掉了自己。

當年大吵一架後，我關在考前衝刺班，不和父母聯繫。

直到考完試，回到家，家裡已空無一人。

媽媽當時留下的簡訊「孩子，文恩，媽媽對不起妳」。

那是為過去對我的針刑致歉，也是為她說過的惡言惡語道歉……

父母離開了我，只留下紙條「照顧好自己」，和十萬元的現鈔，其實是爸爸向媽媽坦承了罹癌，於是媽媽前往醫院照顧爸爸……

一個精神病患，照顧癌症病患？

他們夫妻倆的決定，真是天方夜譚。

但他們的感情竟在共體時艱的困頓中，漸漸好轉。

媽媽的精神狀況也在藥物的幫助下，變得穩定。

只要兩顆心在一起，好像什麼都不怕了。

當時他們住的醫院，在鄰近的台中市，卻特意的隱瞞了我，只為讓我能過正常生活，不被父母的病況拖垮。

爸爸想得很清楚，他清楚明白——如果女兒知道了這一切，剛成年的女兒，一定就理所應當的成了照護者的角色。

所以爸爸決定不要告訴我，因為他知道我要準備考大學，升學考試期間不該承受衝擊而影響成績。

但即使考完試，爸爸也認為，我應該去迎接剛起步的美好人生，不該因為父母罹患頑疾而喪失體會青春的權利……

他甚至對我感到抱歉。我這才明白，他只是一個默默扛起自己的難處，而不擅長和子女對話的爸爸，但不是一個壞爸爸。

他不擅長口語化的表達情感，但會透過實際行動，證明自己關心著對方。原來這是他負責任的方式啊……

爸媽重逢以後，媽媽的躁鬱症終於有人協助按捺。

爸爸得知媽媽對我的言語暴力、情感勒索，所以出手制止。

正因為媽媽對爸爸的意見，一向言聽計從，於是媽媽壓抑自己的情緒，傳來的每一封簡訊，都對我客客氣氣……

但已經來不及。

當時的我，已攢夠了失望、帶著解不開的心結、大量的誤會，心意已決的，和父母斷絕聯繫，不再接聽父母的電話。

當時的我，受夠了那樣冷漠的家庭關係，受夠了不被在乎的痛，受夠了原生家庭的生活，受夠了傷害我的父母……

當時，那個破碎的我自己，獨自到台北租屋、打工……

將故事拼湊到這裡，我不禁想著，如果重來一次，是否我們能撿回那些遺失的親情？是否有其他思路能讓我們和平共處？

其實無法。即使我當年能知曉一切，即使父母對我坦白一切，我也承擔不起這一切，頂多多些體諒，而體諒換來的會是我委屈自己——在該奔跑的年紀，選擇滯留在卡住了的原生家庭。

若我犧牲自己，也難免有怨懟。

我們能和平共處嗎？不能。

因為我的頑固倔強、媽媽的情緒化、爸爸的不善溝通，三種性格天差地遠的人碰在一起，只會衍生更多消磨，後來變成指責，最後不再珍惜。

不適合就是不適合，不適合的人兜在一起，就得有人委屈。

而我們都不願意看見關係裡的任何一方委屈。

不如，就放彼此自由吧。

爸爸的思路正確，互相珍惜的人們，不一定硬要湊在一起才來證明愛的存在。用力在一起，只會碰得頭破血流，誰也不好受。

放手更是一種愛，那份愛，不只是愛，更是「愛惜」。

原來愛，可以是尊重你所珍惜的人，也有不需要你的時刻，是給予你所在乎的人，擁有與你無關的人生。

不打擾，不添堵，不牽絆，不互扯，正是最好的愛。

後來，因為大學錄取通知單有寄到彰化老家，爸媽正好有看到。於是，他們悄悄的來到我的新生始業式，遠遠的看我在大學新生人群中，他們看見我成為大學生的模樣，偷拍了我，並將照片儲存在那鄭律師提供的雲端硬碟裡。

父母遠遠的祝福，不願打擾——

「既然我們相處不來，不如就遠遠看一眼，妳好，就好。」

要相信，壞事會慢慢過去，好事會慢慢靠近，
讓過去過去，你一定要奔向更好的生活。

在外頭的酒池肉林混得如魚得水的爸爸，結交許多狐群狗黨，但總有幾個知心的兄弟在歲月洪流裡，抵過時間的消磨，而留了下來，成為此生真正的摯友。

林廠長剛剛好是那一個，與爸爸二十多年的老交情，欠爸爸的人情可多了，同樣經營工廠，同樣辛苦過，林廠長曾在瀕臨倒閉時，被爸爸資助過。

他們是患難之交。

當年我們家化工廠爆炸，欠了債，土地短時間沒那麼快成交，債主催促，爸爸著急，當時是林廠長在爸爸急需用錢時幫了一把。

我小時候對林廠長沒印象，因為我根本不曾關心過爸爸在外頭的交友狀況，我只是排斥那些讓爸爸在外流連忘返的酒肉朋友，我卻不曾知道爸爸的生命中，有留下林廠長這一位兄弟知己。

身為孩子的我，清楚父母的交友狀況嗎？不清楚。
可曾主動關懷過他們的交友狀況？不曾。

那些年，我只關心著父母對我的關心不夠，
而不曾反思我對父母的關心，也同樣不夠。

我總介懷著他們不夠瞭解我，
卻沒想到我也不夠瞭解他們。

當年，林廠長一聽到我的名字，就留了個心眼，立刻假借去外頭抽菸，實則打電話給爸爸。因為他知道——「初仁雄有個已經不再聯絡的女兒」。

我沒想到，我的名字，初文恩，已經把我和爸爸的羈絆緊緊繫在一起。光是看姓氏的獨特性，就猜到我們是一家人。

我們的羈絆，即使不再相見，也日日存在。
爸爸給的關愛，總是默默存在，
即使我從未注意到，也依然存在……不曾消失。

當時我向林廠長殺價成功，我以為是我運氣變好了，
但其實，是爸爸，他給了我無聲的關心，讓我的運氣變好了。

爸媽生病後，已經不太回彰化老家，卻不曾清理掉家中那堆積如山的普洱茶磚，因為他們知道我不定期會回來搬運。

他們住院，把醫院當家，而當他們透過林廠長得知我在台北擺攤後，特別轉院到台北的國泰醫院，離我擺攤的地方最近的醫院。

爸爸那四海皆朋友的性格，很快的和醫院裡的護理師打成一片，媽媽常在一旁吃醋，但她也拿爸爸愛交朋友的個性沒辦法，因為爸爸即使和女孩子們談話沒有界線，也始終只認媽媽一個妻子。

就是那時，認識了護理師婷婷。婷婷把「初仁雄要挑一位護理師來包養」這則玩笑話當真了，因此刻意和爸爸互動親密。

護理師工作已極度繁忙，婷婷沒多餘體力兼差賺錢，但苦於家中負債，才出此下策。但爸爸給她指了另一條路：「來我這兼差。」

爸爸每個月固定給婷婷一筆「薪水」，吩咐婷婷在絕對保密的狀態下「擔任我的貴人」。

婷婷經常替爸爸來偷拍我擺攤的狀況，影片、照片都有。他們就住在附近醫院，偶爾體力好的時候，也便於遠遠在街區查看我。

記得那次的「試喝飲料、調整配方」嗎？我把試喝的飲料送到醫院，給婷婷試味道，但實際上，是爸媽在幫忙試喝。原來不斷的調整口味，不是婷婷挑嘴，而是爸爸對茶飲的口味挑剔。

他除了給口味的建議，也給了市場建議。曾經開公司三十年的他，對市場有一套見解，而叫婷婷一定要叮嚀我不要在新冠肺炎期間開實體店。

當我最落魄、生意最差的時候，每週三來自醫院的飲料大訂單，支撐我存活下去，那正是爸爸付的錢，他讓婷婷買來請同事喝。

也對。當時我的飲料如此難喝，又怎麼會有人大量訂購呢？原來是爸爸，都是他一路默默支持我。在我最脆弱需要幫助、差一點放棄之時，他理解我的倔強、固執、好勝，而選擇默默支持我。

如果他直接出現在我眼前，給了我一筆錢，那我肯定會生氣，肯定覺得羞辱，覺得自己很差勁才需要贊助，所以肯定不會收下。

我的父母理解我們之間該有的距離，而選擇透過另一種方式遠遠支持我，他們不曾強加他們的觀念在我身上，他們尊重我人格的獨立性……

他們支持我，不論我做什麼樣的選擇……

一直在我身後，默默守護我……

他們唯一寄望的，

不過是我能奔向自己喜歡的生活……

你可以沒有夢想，但不能沒有生活；
因為好好生活，就是你的夢想。

被網路文章攻擊的那段期間，是我創業期間，一段最低潮、最沒自信的時光。多虧「森上梅・友前」的聲援，才讓討論風向不再斥責我；然而「森上梅・友前」上傳的每一張照片、影片，都出自於媽媽的手機。

是婷婷幫忙拍的照片，是婷婷幫忙辦的社群帳號，她依照爸媽的指示，一點一點的想辦法幫忙我。

聽說爸爸當時很心疼，他說我不必這麼辛苦，現在他留的錢，夠我簡單過一輩子，夠我好好生活，不用為了賺錢，弄得狼狽。

爸爸曾叫婷婷向我打聽，我為什麼要開飲料店？為什麼要這麼辛苦？但我不知道。一開始只是有個念頭：「這件事我能做，就把它做好」，並沒有太多規劃，就一直做了下去。

確實。我可以不做，因為就算不做，我也從不覺得可惜。考好成績、創業開店、追求金錢，從來不是我的夢想，那些都是社會群體眼光認為的夢想。

我沒有夢想，一路上只有想被肯定的慾望。而當我想要獲得肯定的對象，不存在於世界上了，我就失去了向前走的動力。

爸爸在留給我的影片裡絮絮叨叨，他這一生的體悟是：

「過日子，只要錢夠用，做喜歡的事就好，不要用力過猛。」

會不會，如他所說，

只要簡單的好好生活，也可以是一種夢想？

……

透過婷婷和鄭律師的說詞，我們終於把故事完整的拼湊起來。

原來我擁有這麼多的關心，原來我是被在乎的……

我曾以為——

他們離開我，是因為他們認為沒有我，他們會過得更好。

但其實——

他們離開我，是因為他們認為，沒有他們，我會過得更好……

山料陪我走回我的租屋處。

他提起：「對不起，我偷看了妳的網誌。」

我說：「那你一定覺得我很負面吧？」

山料問：「為什麼？」

我說：「網誌裡，我對爸媽的印象，跟別人對我爸媽的印象，真的不太一樣，我也在想，小時候真沒有快樂的部分嗎？我想不起來了，一點也想不起來，似乎從網誌開始以前，沒有任何記憶。」

山料問：「一點都沒有嗎？」

是的。

我說：「十七歲前的記憶好模糊，想不太起來、說明不來。」

山料說：「記憶有落差也不能說是妳的問題。我記得曾經讀過一個理論是說，記憶要被記住，必須對別人說出來，記憶才能沈澱、才能真正被留下來。但從前沒人傾聽妳吧？」

對，我不曾被傾聽……

「也對，爸媽忙著經營化工廠、哥哥都在讀書、我在學校也獨來獨往。也許真的有美好記憶？但缺乏重複的被訴說，於是就真的消失不見了。後來升上高中，是因為我開始寫網誌，所以才有了讓記憶能沈澱的動作，但可惜，記下來的，都是遺憾。」

「以後讓我傾聽妳吧！」

山料一如往常牽起我的手。

我卻無意識的立刻甩開。我為我的失禮立刻道歉……

抱歉，我想靜一靜。再見。

我的心已經滿載，暫時不想再裝進更多東西。

我得先去消化得知這一切後的情緒……

也想清楚未來該何去何從……

我一個人繼續走回租屋處，台北市的夜裡，依然車來車往，而我戴著耳機，播放的是爸爸在醫院時錄下的影片。

「我早死早超生！哈哈哈」，他都要死了，卻還在開玩笑……

他一直笑，一直笑，後來笑聲變成咳嗽……

媽媽說別錄了，爸爸卻說病著、躺著也沒事，要找點事做。

一向故作樂觀的爸爸，在影片裡講了一段話——

「安心啦！爸爸媽媽只是提前去安排了我們一家人的下輩子，去安排妳的下輩子，就像這輩子我們也是先來的一樣。」

有些人思念了，只要拿起手機，
有些人，卻只能寄望於時光機。

辦完喪禮，我一如往常工作，開店，賺錢，數錢，存錢，面無表情的循環那看似尋常的日子，想找回平靜，心卻不斷擾動。每當回到租屋處，都對生活的一切感到質疑：「這是我要的？」

空蕩蕩的房間，突然好落寞，我看見抽屜裡那兩百萬元的紙鈔，是我提領出來，想付給爸媽，讓我們之間兩不相欠的一筆錢。

我突然不曉得，努力是為了什麼？
我不曾擁有夢想，不曉得什麼是付出努力之後要去的方向。

小時候，考好成績，是為了獲得父母的肯定，
大學後，擺攤賺錢，是為了解決金錢的不安全感，
畢業後，開店創業，是為了讓自己看起來比別人優秀，

現在的我呢？

「我是一個好女兒嗎？」
我在空空的房間裡，問著再也沒有人可以回答的話。

從今以後，
我真的一個人了，
真的剩下自己一個人了。

我曾詛咒我的全家人，他們都被我的詛咒應驗而亡，
但其實，最糟糕的我，才是最該去死的人。

我呆呆的看著窗外……不夠高。
看著箱子裡的安眠藥……不夠多。
看著廚房的水果刀……怕痛。
看著馬路上疾速往來的車輛……怕造成陌生人困擾。

我發現抽屜裡，仍留有許多根當年方美玲忘了帶走的大麻煙，
這正是我要的——走上頂樓，在迷幻的狀態下，一躍而下。

離開以前，我還有什麼沒做的嗎？
還有什麼遺憾嗎？
沒有。
只能是沒有。
因為即使有，也回不去了。

長大以後，我離開家鄉，
在陌生的城市裡，找不到歸宿，找不到棲息的地方，
家鄉回不去，租來的房間也沒有歸屬感。

因為沒有退路，我只能一直向前走，一直賺錢，一直努力……
想著迷惘的日子總會結束，有一天一定會有答案……

時間過了好久，猛然一回頭，才發現，
我們之間，被偷走的這七年……
讓我已經漸漸記不清楚你們當年的樣貌了……

我必須記得……
必須記得……

我打開鄭律師給的遺物箱，箱子裡有一些古老的光碟ＤＶＤ，被
貼著一張紙條「已備份到雲端」。

我點開雲端硬碟的連結……
檔案裡，有我小學畢業典禮的錄像，當年的爸媽好年輕，
他們一起來我的小學畢業典禮，用攝錄影機互相拍攝彼此。

檔案裡有好多照片，都是我小學時期獲得的獎狀、成績單的掃描檔，爸爸媽媽一直以來都有放在心上……

還有段影片是小學時，哥哥跟我在吵架，是我拿了哥哥的東西，爸爸卻教訓哥哥，說當哥哥要大方一點，讓給妹妹，不要自私。

還有剛出生時，爸爸抱著我，媽媽說我好軟好嫩，怕摔碎了，說抱著我的時候，就像夾豆腐，要輕輕的，要很溫柔，怕碰傷。

另一個影片，是地上擺了許多要給我選的物品，有紙鈔、玩具、洋娃娃，但我什麼都不要，我爬去媽媽的懷抱。

我突然好想念那兩位在記憶裡已經漸漸面目模糊的父母，如果可以回到小時候的簡簡單單，誰又想要長大面對生命無常。

小時候我只要考好成績，就能讓你們開心，你們開心，我就會很開心。那時候真的好快樂，你們在哪，哪裡就是我的家。

雲端硬碟裡，還有個資料夾，叫作「倒數計時」。一整列，按時序命名的影片檔，我點開來……

那一刻，窗外大雨落下，心裡的雨，也傾盆落下。

有些人思念了，只要拿起手機，
有些人，卻只能寄望於時光機。

「謝謝妳參與了我的人生，
接下來，換妳去完成妳自己的人生。」

第一部影片，病房裡，爸爸在喝著我的飲料，對鏡頭嚴肅的說著各種建議事項。媽媽在一旁附和，沒錯，沒錯。

第二部影片，爸爸說他的手術很順利，說媽媽的躁鬱症也穩定了。他們說要一起出國走走。原來那些媽媽發來的長輩圖、風景照，都是他們夫妻倆一起看過的風景。

都是他們親自拍攝下來，打上字，傳給我。

是他們向我分享生命旅途的風景……

第三部影片，原來不只是新生始業式，連畢業典禮的照片也有，他們都參與了，在大學的畢業典禮上，媽媽感動得擦拭眼角淚水，爸爸雙手顫抖還偏要掌鏡；我看見影片裡的他們，在他倆自得其樂的世界裡，用他們的方式，慢慢向世界說再見。

其中一部影片，爸爸說：「鄭律師幫我們家處理遺產的事，他是爸爸特別幫妳挑的，有沒有喜歡？他長相比較差，但做事可靠、值得信任、說話算話。他答應我如果生男孩，可以跟女方姓初。」

媽媽在一旁阻止：「不要干涉女兒，女兒有自己的想法。」

媽媽搶了鏡頭：「妳喜歡什麼，看妳自己，不要管妳爸。」

後來的影片，爸爸看起來好疲憊。

最後幾部影片，爸爸說：「這個癌症很頑固，治好又反覆，但應該沒事，不用擔心」，但其實這時，已經擴散到肺跟淋巴，到腦了，已經治不好了。放射性治療幾十次，化療也幾十次，其實存活率不到1％了。再怎麼努力也於事無補了。

最後一部影片，爸爸叫媽媽要笑，哭是一天，笑也是一天，都是過一天，妳哭著過，不如笑著過。

爸爸好勇敢的面對了他的痛，媽媽也勇敢的陪爸爸經歷這一切。
他們勇敢的為生命倒數計時……

沒有影片了。

翻開鄭律師給的箱子。
箱子裡有一張照片，是我們一家人在彰化老家門口的合照，那年房子剛蓋好，父母年輕我們還小；照片裡，爸爸板著臉，手插口袋，媽媽表情拘謹，手挽著爸爸的手臂，哥哥也板著臉，摟著我的肩膀，他們都好嚴肅，只有我天真的笑得好燦爛。

曾經，我也是個無憂無慮的小孩，
在他們的保護傘下，只管開心就好。

看了照片的背後，爸爸寫了一段話：

「要好好生活，留下來的人，才是最勇敢的。」

突然，我的視線變得朦朧，淚水覆蓋了雙眼……

我想起來了，我突然什麼都想起來了……

爸爸，媽媽，哥哥……

我好想念你們……

我想起小時候，爸爸總會騎著摩托車，讓我站在前方踏板，我們在鄉間小路兜風。

我想起小時候，媽媽會接我放學，牽著我的手，我們散步在那片染上晚霞的天空。

我想起小時候，和哥哥打打鬧鬧，想要的東西，只要撒撒嬌，他都會全部讓給我。

我想起小時候，家裡還沒搬去大房子，我們一家四口，老是擠在同一張大大的床上睡覺。

我好想念你們……

好想念你們……

想念你們……

……

箱子裡，還有一封信，寫於八年前的夏天，是哥哥的筆跡……

「雖然妳討厭我，但我常常羨慕妳，因為爸爸媽媽對妳比較好」

「小恩，祝妳生日快樂。」

……

……

……

……

……

心之所向，便是陽光。

幾個月後，那是哥哥忌日，山料陪我一起去上香。那日，巧遇高中學姊，就是那位暗戀哥哥、常來借宿我房間，一起睡覺的高中學姊。我問了她，為什麼當年突然不再理我了？

她說，其實她高中時暗戀著我。卻因為某個夜裡，她去上廁所，偶然聽見我父母的對話——媽媽對爸爸說，她猜測我跟學姊是情侶，媽媽當年擔心我們做「糊塗的事」。那時候比較保守，學姊害怕自己的性向被發現，於是選擇離我而去。學姊向我道歉。

我才突然懂，原來媽媽不止一次叮嚀我

——「選自己喜歡的就好」，那句話，原來是這個意思。

那天，我也鼓起勇氣，向山料坦白：「其實我喜歡的是女生。」山料卻說：「我早就感覺到了。」原來他早就有所察覺。

我問：「為什麼？什麼時候？」

山料說：「就直覺。方美玲、學姊、網誌裡寫的，其實很明顯。」

我好奇問：「那你為什麼還繼續牽我手？」

山料回答：「朋友、兄弟、閨蜜、家人，都可以牽手。」

我們笑著抱在一起。

謝謝黃山料，你是世上第一個擁有我全部故事的朋友，也是我第一個好朋友。

山料拍拍我的背——

「小恩，妳有發現嗎？妳的背不再幻痛了。」

是啊。

我走著走著，我叼著菸，點燃，吞雲吐霧。

我和山料散步在彰化線西鄉，那條靠海很近的小路，

是我高中放學，總得一個人獨自走路回家的那一條產業道路。

當年，左側是荒野，右側的遠方是海，

當年，更遠的海的另一頭，是面對長大的無能為力。

當年，拿著成績單的我，沒多餘心力考慮追尋成績的意義。

當年，身後橘紅色的晚霞消失在地平線。

當年，我回到家，關上家門，

當年，天色漸暗的屋裡，我獨自坐在客廳讀書。

此刻，夕陽餘暉……

轉瞬間，我回到了那年，
家門外，三位家人的笑聲漸漸靠近……
我手上的書讀不進去，都在聽門外的聲音。
行為在讀書，心裡在等人。

他們進門，正在看書的我假裝看得投入……
我沒抬頭、沒應門、沒打招呼。
他們擺好一桌飯菜，媽媽才喊我去吃飯。

飯桌上，
爸爸主動關心了我的成績單，說我是他優秀的女兒。
哥哥說他羨慕我，說爸媽都偏心。
媽媽說怎麼樣都好，做喜歡的事情就好。
而我說，**心很小，裝喜歡的事就好**。

我們一家四口，不再孤單的餐桌。
記憶改變了。

那一瞬間，時間停留此刻，壞事都沒有發生，
這一輩子，和你們的記憶，留下的都是快樂。

謝謝你們，這輩子當我的家人，
有你們的時光，我曾經幸福過。

真實故事改編

謹以此書，紀念、告別。

後記——心很小，裝喜歡的事就好

讀者，你好，我是黃山料，

謝謝你們讀完我和小恩的故事。

我們不能選擇此生遇見怎樣的人，那是命；

但我們可以選擇怎樣的人能存在於我們生命。

人們常常抱怨生活不如意，失望、挫折、不被愛，

但生活不該由別人賦予，想怎麼過日子，是由我們自己決定。

生活的劇本，不是父母的續集，不是子女的前傳；你不是感情裡的配角，更不是朋友圈裡的陪襯。每個人都是自己人生的主角。

如果你不甘於現狀，也別把理想生活寄託在他人，

與其被動等待，最後被動失望，不如現在起步，

人從未缺乏幸福的能力，只是差了追逐幸福的勇氣。

面對生命，你應該勇敢，因為最後終將失去；
在失去以前，請盡情浪費、縱情燃燒，直到變老。

你的努力，不是為了別人眼光，而是為了找到自己。
也許你的青春故事裡，最好的故事結局，並不是幸福美滿；
而是你辛苦過後，越來越認識自己。

願你勇往直前，去探索自己的「心流狀態」，
找到一件你能心無旁騖執行的事，而你熱衷於完成它；
在執行時，令你享受孤獨、甘願辛苦、廢寢忘食、沈浸其中。
最終，你能共享成果，給身邊珍惜的人。

當我們認清心之所向，無所畏懼的迎向陽光，勇敢啟程的那一刻，不論最終成果如何，光是起步，就已經是階段性的成功了。

如果沒有熱衷的事物，也無所謂。放心，多數人都和你一樣，
也許做一份工作，不喜歡，也不討厭，尚可接受，舒服就好。
理想生活，可以很簡單，只是剛剛好的工作，剛剛好的生活。

其實，你可以沒有夢想，但不能沒有生活，因為日子得繼續過。
所以，從現在開始，把好好生活，當作你的夢想，
接著，勇敢踏出舒適圈吧，你一定會成為讓自己更喜歡的自己。

在此許下最靈驗的祝福，給讀完此書的你——

祝福你擁有自由，不一定是金錢物質的財富自由，
更重要的，是情感、精神、情緒的自由，
不被他人情緒綁架、不受制於誰的想法，
你能自由決定今天醒來，是什麼心情，情緒由自己決定。

謝謝你讀完我寫的小說，也謝謝在 Instagram 上陪伴我的你們，
在 iam_3636 帳號裡與你們的互動，我非常珍惜，
謝謝遇見你們，我們下一本小說再見！

記得，去做任何一丁點，能讓你變得更好的小事。

答應我，請你一定要奔向更好的生活。

心很小

裝喜歡的事就好

國家圖書館出版品預行編目資料

心很小 裝喜歡的事就好 / 黃山料著 . -- 臺北市 : 三采文化股份有限公司 , 2024.01
面； 公分 . -- (愛寫 ; 60)
ISBN 978-626-358-236-1(平裝)

863.57 112017991

◎封面圖片提供：
iStock.com / MaFelipe
iStock.com / hot_carnival
iStock.com / Foreverlysh
iStock.com / 1550539

suncolor 三采文化

愛寫 60

心很小 裝喜歡的事就好

作者｜黃山料 視覺指導、封面題字｜黃山料
編輯四部 總編輯｜王曉雯 主編｜鄭雅芳
美術主編｜藍秀婷 封面設計｜方曉君 版型設計｜方曉君
專案協理｜張育珊 行銷副理｜周傳雅 行銷企劃主任｜陳穎姿
內頁編排｜陳佩君 校對｜周貝桂

發行人｜張輝明 總編輯長｜曾雅青 發行所｜三采文化股份有限公司
地址｜台北市內湖區瑞光路 513 巷 33 號 8 樓
傳訊｜TEL:(02) 8797-1234 FAX:(02) 8797-1688 網址｜www.suncolor.com.tw
郵政劃撥｜帳號：14319060 戶名：三采文化股份有限公司
初版發行｜2024 年 1 月 1 日 定價｜NT$420
4 刷｜2024 年 6 月 5 日